Der besoffene Geist und andere Geschichten

Thomas M. Meine

Der besoffene Geist und andere Geschichten

nach dem Buch
*The Intoxicated Ghost
and other stories*

von Arlo Bates

erschienen im Jahre 1908

Bibliografische Information der Deutschen Nationalbibliothek

Die Deutsche Nationalbibliothek verzeichnet diese Publikation in der

Deutschen Nationalbibliografie; detaillierte bibliografische Daten sind im Internet über http://dnb.dnb.de abrufbar.

Herstellung und Verlag:

BoD - Books on Demand, Norderstedt

Juni 2021

ISBN 9 783754 303962

INHALT

DER BESOFFENE GEIST

I

Es war nicht ihre Schönheit, die Irene Gaspic ungewöhnlich machte, obwohl sie betörend hübsch war, auch nicht ihr Witz und ihre Klugheit oder ihr Reichtum – alles Gaben, mit denen sie gut ausgestattet war. Da gäbe es genügend andere Mädchen, die hübsch, klug, geistreich und zudem noch reich waren.

Es war etwas viel Pikanteres und Selteneres, das Irene von ihren Kameradinnen unterschied, nämlich die Tatsache, dass Irene von ihrer Großtante mütterlicherseits die Fähigkeit geerbt hatte, Gespenster zu sehen. Diese Tante war eine alte Dame, die fast neunzig Jahre lang ihren Mitmenschen die eigenartigsten Charaktereigenschaften zeigte, die man sich vorstellen kann.

Da es allgemein als Schwäche angesehen wird, auch nur ansatzweise an körperlose Geister zu glauben, muss es nur fair erscheinen, dass man im Sinne von Irene bemerkt, dass sie nur deshalb an sie glaubte, weil sie nicht anders konnte und sie auch wirklich zu Gesicht bekam. Diese Kraft, mit der sie ausgestattet war, ist ihr durch Vererbung zugefallen, ohne dass sie dies selbst wollte. Jeder vernünftig denkende Mensch muss den Unterschied erkennen können zwischen dem Sehen von Geistern, weil man so dumm ist, an sie zu glauben, und dem Glauben an ihre Existenz, weil man nicht anders kann, als sie zu sehen.

Man könnte noch hinzufügen, dass Miss Gaspic große Standhaftigkeit an den Tag gelegt hatte, als sie von einigen der unangenehmsten Gespenster ihrer Art besucht wurde, was zu ihren Gunsten sprechen sollte.

Als sie während eines Auslandsbesuchs auf Schloss Doddyfoethghw – wo, wie jeder Reisende in Wales weiß, das gespenstischste Phantom der drei Königreiche zu finden ist – von einer blutüberströmten Gestalt angesprochen wurde, die ihren verstümmelten Kopf in den Händen trug, bemerkte sie nur kalt: »Gehen Sie bitte sofort weg. Sie beunruhigen mich nicht im Geringsten, aber in einem solch unangenehmen Zustand der Zerstückelung in die Gegenwart einer Dame zu treten, ist von schockierend schlechtem Geschmack.«

Daraufhin fiel das arme Gespenst vor Erstaunen und Schrecken zu Boden und hinterließ einen Blutfleck auf den Steinplatten, den noch heute jeder sehen kann, auch derjenige, der an der Geschichte so sehr zweifelt, dass er sich nach Schloss Doddyfoethghw aufmacht, um sich selbst davon zu überzeugen.

Obwohl Irene selten von ihrem Erbe sprach, und wenn sie es erwähnte, stets erklärte, eine lebhafte Empörung darüber zu empfinden, dass ihre Tante Eunice Mariamne ihr ein solches Vermächtnis aufgezwungen hatte, war sie doch zu sehr menschlich und weiblich, als dass ihr der heimliche

Stolz darüber völlig fehlen würde, sich durch ein so ungewöhnliches Geschenk auszeichnen zu können.

Sie hatte einen zu guten Geschmack, um offen darüber zu sprechen, doch besaß sie nicht die Beharrlichkeit, es ganz zu verbergen, und von ihren Freunden wussten so ziemlich alle von dem Vermächtnis und den vielen Umständen, die sich aus diesem Besitz ergaben.

Einige wenige ihrer Vertrauten hatten es in der Tat gewagt, ihre guten Dienste in Anspruch zu nehmen, um mit den Gespenstern der Familie in Verbindung zu treten; und obwohl Irene allem abgeneigt war, was so stark nach Medialität und anderen vulgären Geschäften roch, konnte sie nicht umhin, sich über die ausgezeichneten Ergebnisse zu freuen, die ihren Vermittlungen in mehreren Fällen gefolgt waren.

Als sie daher eines Tages eine Nachricht von ihrer alten Schulfreundin Fanny McHugh erhielt, die sie zu einem Besuch nach Oldtower eingeladen hatte, mit der geheimnisvollen Bemerkung 'ich sehne mich nicht nur danach, dich zu sehen, Liebste, sondern es gibt etwas sehr Wichtiges, das du für mich tun kannst und sonst niemand außer dir', erinnerte sich Irene sofort daran, dass die McHughs einen Familiengeist hatten und war überzeugt, dass sie eigentlich nur wegen ihrer besonderen Fähigkeiten dorthin eingeladen wurde.

Sie war jedoch keineswegs abgeneigt zu gehen, und das gleich aus mehreren Gründen.

9

Das Anwesen der McHughs war ein wunderschöner alter Ort in einem der schönsten Dörfer Neuenglands, wo die Familie seit vorrevolutionären Zeiten eine Vormachtstellung innehatte. Des Weiteren war Irene auch ziemlich vernarrt in ihre Freundin Fanny.

Dank jener Intuition, die Frauen befähigt, so viele Dinge gleichzeitig zu wissen, war sie sich auch sehr wohl bewusst, dass der Bruder ihrer Freundin, Arthur McHugh, zu der für den Besuch genannten Zeit zu Hause sein würde.

Irene und Leutnant Arthur McHugh waren einst so sehr füreinander bestimmt gewesen, sodass sie kurz vor einer formellen Verlobung standen, als er im letzten Moment einen Rückzieher machte.

An seiner Zuneigung bestand kein Zweifel. Die unangenehme, aber rechtzeitige Erinnerung daran, dass er kein Vermögen hatte, hielt ihn davon ab, Irene zu bitten, seinen kargen Besitz mit ihm zu teilen.

Das Familienvermögen, einst fürstlich für das Land und die Zeit, war geschrumpft, bis nur noch das angestammte Herrenhaus und die schönen, aber wenig einträglichen Rasenflächen, die es umgaben, übrig geblieben waren.

Natürlich war dieses Verhalten von Leutnant McHugh aber genau das, was ihn am sichersten im Herzen von Irene festhielt.

Der Liebhaber, der weiter liebt, aber selbstlos verzichtet, wird wohl kaum vergessen werden; und es ist anzunehmen, dass Miss Gaspic die Einladung nach Oldtower eher mit dem Gedanken an den jungen und gut aussehenden Leutnant in Fleisch und Blut, als an den geisterhaft abgeschwächten Major der Kontinental-Armee annahm, der als Gespenst in der Spukkammer lauerte.

II

Der Oldtower [alter Turm] steht in einem wilden und schönen Dorf, das auf der einen Seite vom modernen Verkehr gemieden wird, der sich von der ehemaligen Mautstraße zu Zeiten der Väter abgewandt hat, um dem direkteren Weg entlang der Eisenbahn zu folgen.

Das Anwesen erstreckt sich über eine geraume Strecke längs am Ufer des Flusses, der sich in seinen Windungen so herum schlängelt, dass er das Dorf fast zu einer Insel macht, und auf einer Anhöhe über dem Fluss erhebt sich der bröckelnde Steinhaufen, der einst ein Wachturm war und von dem der Ort seinen Namen hat.

Das darauf befindliche Haus ist eines der schönsten alten Herrenhäuser aus der Kolonialzeit und liegt wunderschön auf einer Terrasse, die ein halbes Dutzend Fuß über dem Niveau des weitläufigen Rasens liegt, der es umgibt.

Hinter dem Haus erstreckt sich ein gepflegter Garten mit kniehohen Buchsbaumhecken bis hinunter zum Fluss, während vorne eine hohe Hecke das Gelände von der Dorfstraße abschirmt.

Miss Fanny, der seit dem Tod ihrer verwitweten Mutter die Pflege des Anwesens größtenteils übertragen worden war, hatte praktische Vernunft bewiesen, indem sie sich darauf beschränkte, die Dinge auf die einfachste Weise in Ordnung zu halten.

Das Ergebnis war dennoch so, dass diejenigen Mängel in der Bewirtschaftung, die wegen des geringen vorhandenen Einkommens unvermeidlich waren, sich dem Auge eher als Beweise der Sanftheit denn des Verfalls präsentierten, was den allgemeinen Eindruck höchst charmant erscheinen ließ.

Irene hatte das Haus der McHughs immer gemocht, und als sie ankam, war alles in der Vollkommenheit seiner Schönheit im Monat Juni.

Ihre Begegnung mit Fanny war geradezu überschwänglich, während Arthur ihre weiblichen Sinne befriedigte, indem er sie mit äußerlicher Ruhe begrüßte und dabei die alte Leidenschaft in seinen Augen aufblitzen ließ.

Es gab natürlich unzählige Fragen, die gestellt werden mussten, wie es bei solchen Gelegenheiten üblich ist, und einige von ihnen waren sogar von ausreichender Wichtigkeit, um angemessene Antworten zu rechtfertigen.

So verging der Nachmittag schnell, und Irene hatte keine Gelegenheit bekommen, auf die wichtige Angelegenheit hinzuweisen, auf die der Brief ihrer Freundin angespielt hatte.

Ihr Verdacht, dass sie in ihrer Eigenschaft als Geisterseherin gerufen worden war, wurde aber durch die Tatsache bestätigt, dass man sie in das Spukzimmer gebracht hatte, eine schöne quadratische Kammer im südöstlichen Flügel, die bis zur Decke getäfelt war und zu den schönsten Wohnbereichen des Hauses gehörte.

Dieser Raum war einst speziell für einen Major Arthur McHugh dekoriert und eingerichtet worden, einen Urgroßonkel der heutigen McHughs, der in der Amerikanischen Revolution unter Lafayette ehrenvoll gedient hatte.

Der Major hinterließ den Ruf großer persönlicher Tapferkeit und ein Bild, das ihn als äußerst gut aussehend beschreibt, verbunden mit dem Ruhm, ein großer Frauenheld gewesen zu sein und dazu noch eine Art Wüstling.

Eines hatte er jedoch nicht zurückgelassen und mit aus dieser Welt genommen: Das Geheimnis, was er mit den berühmten McHugh-Diamanten gemacht hatte.

Major McHugh war der älteste Sohn seines Vaters, und in der Familie wurde das Erstgeburtsrecht zu jener Zeit ziemlich streng befolgt, sodass ihm das Anwesen allein vererbt wurde.

Eine Enttäuschung in der Liebe führte dazu, dass er sich weigerte, zu heiraten, obwohl er von seiner Familie dazu gedrängt und von unparteiischen Müttern, die heiratsfähige Töchter hatten, stark bedrängt wurde.

Später vermachte er das Anwesen dem ältesten Sohn seines jüngeren Bruders, der nach ihm benannt worden war, und dieser Arthur McHugh war der Großvater des heutigen Leutnants.

Mit dem Anwesen gingen auch die berühmten McHugh-Diamanten weiter, damals die feinsten in Amerika. Der 'McHugh-Stern', ein riesiger Stein im Rosenschliff, war einst das Auge eines Götzen im Tempel von Majarah gewesen, wo er vom frevelhaften Radscha von Zinyt gestohlen wurde. Aus dessen Besitz gelangte er bei der Belagerung von Zinyt im Jahre 1707 in die Hände eines Colonel McHugh.

Jahrhunderte lang wurde versucht, diesen schönen Stein den Kronjuwelen Frankreichs hinzuzufügen, aber der damalige Familienvorstand der McHughs, der Vater von Major McHugh, erklärte, dass er sich eher von Frau und Kindern trennen würde als von dem 'McHugh-Stern' – eine unchristliche Gesinnung, die mehr für seine Wertschätzung von Juwelen als für seine Familienliebe spricht.

Als Major McHugh 1787 aus dem Leben schied, wurden die McHugh-Diamanten natürlich von seinem Erben gesucht, waren aber nirgends aufzufinden.

Keiner aus der Familie wusste, wo sie gewöhnlich aufbewahrt wurden – ein Umstand, der in Wirklichkeit weniger sonderbar war, als es auf den ersten Blick erscheinen mag, da der Major nie mitteilsam war und man sich in jenen Tagen mehr auf das Verstecken von Wertgegenständen verließ als auf die Stärke, die der moderne Safe mit seinem irreführenden Namen [safe = sicher] angeblich bietet.

Das Letzte, was man von den Edelsteinen wusste, war, dass die Schwägerin des Besitzers sie 1785 auf einem Ball trug und ihr für diesen Anlass geliehen wurden.

Hier hatten die Diamanten die größte Aufmerksamkeit und Bewunderung auf sich gezogen, aber nach ihrer Rückkehr zu Major McHugh schienen sie für immer verschwunden zu sein.

Natürlich wurde nach ihnen weitergesucht, und eine Generation nach der anderen, welche die Überlieferungen kannte und an ihre eigene Schlauheit glaubte, hatte die Bemühungen immer wieder aufgenommen, aber bis jetzt war das Geheimnis ungelöst geblieben.

III

Als sich die Mädchen in jener Stunde vor dem Schlafengehen die traditionell weiblichen Vertraulichkeiten vorbehalten ist, gemeinsam die Haare bürsteten, fragte Irene ziemlich unvermittelt:

»Nun, Fanny, was ist es, was du von mir willst?«

»Was ich will?«, entgegnete ihre Freundin, die nicht anders konnte, als sich – typisch weiblich – ausweichend zu verhalten. »Ich wollte dich natürlich sehen.«

»Ja«, erwiderte der Gast lächelnd, »und das ist der Grund, warum du mir dieses Zimmer gegeben hast, das ich vorher nie hatte.«

Die Gastgeberin errötete. »Es ist das schönste Zimmer im Haus«, sagte sie abwehrend.

»Und man teilt es«, fügte Irene hinzu, »mit dem Geist des galanten Majors.«

»Aber du weißt doch«, protestierte Fanny, »dass dich die Geister nicht im Geringsten stören.«

»Nicht so sehr, besonders wo ich mich jetzt an sie gewöhnt habe. Es sind arme Geschöpfe, und es scheint mir, dass sie umso schwächer werden, je mehr Menschen sich weigern, an sie zu glauben.«

»Ach, du glaubst doch nicht etwa«, rief Fanny in höchster Besorgnis, »dass der Geist des Majors verschwunden ist, oder? Seit Jahren hat hier niemand mehr geschlafen, also hat ihn auch niemand mehr gesehen.«

»Und du willst mich dazu bringen, zu versichern, dass es diesen respektablen Geist der Familie noch gibt und du dann hoffen kannst, er wird seinen Spuk in Oldtower fortsetzen«, antwortete Irene.

»Oh, so ist es ganz und gar nicht«, sagte Fanny und senkte ihre Stimme.

»Ich nehme an, Arthur wäre wütend, wenn er es wüsste oder dass ich es überhaupt erwähne, aber ich bin sicher, dass es mehr um seinetwillen ist als um meinetwillen. Glaubst du das nicht?«

»Du machst mich wirklich sehr nachdenklich«, erwiderte Irene. »Ich bin sicher, dass selbst unter den Geistern, die ich gesehen habe, keiner dabei war, der so unverständlich gesprochen hat wie du. Was in aller Welt meinst du damit?«

»Nun, erst neulich sagte Arthur im Scherz, 'wenn jemand den Major dazu bringen könnte – wenn jemand ihn dazu bringen könnte zu sagen, wo die McHugh ...'«

Dabei blickte sie um sich, um auf das spezielle Wort hinzuweisen, das sie in dieser Kammer offensichtlich nicht auszusprechen wagte, und Irene nickte zum Zeichen, dass sie verstanden hatte.

»Oh, das ist es also?«, unterbrach Irene. »Nun, meine Liebe, ich bin bereit, mit dem Major zu sprechen, wenn er mir die Gelegenheit dazu gibt; aber es ist unwahrscheinlich, dass ich viel tun kann. Er wird sich wohl nicht für das interessieren, was ich sage.«

»Appelliere an seinen Familienstolz«, sagte Fanny mit einer Ernsthaftigkeit, die verriet, wie wichtig ihr diese Sache war.

»Erkläre ihm, wie wir, ohne die Hilfe, die uns diese Diamanten geben würden, in den Ruin getrieben werden. Er sollte noch etwas Familienstolz haben.«

Miss Gaspic wollte ihre Freundin natürlich nicht in ein Gespräch über die finanzielle Notlage der Familie verwickeln, und so gelang es ihr, das Gespräch abzulenken, indem sie nur ihr Versprechen wiederholte, dass sie, sollte das Gespenst des Majors in Erscheinung treten, alles in ihrer Macht Stehende tun würde, um ihm das Geheimnis zu entlocken, das er ein Jahrhundert lang bewahrt hatte.

Es dauerte nicht lange, bis Fanny sich zurückzog, und Irene nahm ein Buch und setzte sich hin, um zu lesen und auf ihren Besucher zu warten.

Es war gerade um Mitternacht, als der Geist des Majors auftauchte. Er kam aus einer sehr traditionsreichen Periode, und deshalb beachtete er sorgfältig alle Gepflogenheiten der alten Zeit.

Irene, die auf ihn gewartet hatte, hob ihren Blick von dem Buch und betrachtete ihn genau. Das Gespenst hatte die Gestalt eines gut aussehenden Mannes von etwas mehr als mittlerem Alter und von majestätischer Präsenz.

Er war in eine kontinentale Uniform gekleidet und trug ein Glas in der Hand, das offenbar mit Rotwein gefüllt war. Als Irene ihren Blick hob, verbeugte sich das Gespenst ernst und höflich und leerte dann das Trinkgefäß bis zum Boden.

»Guten Abend«, sagte Miss Gaspic höflich. »Möchten Sie sich nicht setzen?«

Die Erscheinung war durch diese kühle Anrede offensichtlich erschrocken, verbeugte sich erneut, statt zu antworten, und leerte wieder das Glas, das auf mysteriöse Weise nachgefüllt worden war.

»Danke«, sagte Irene als Antwort auf seinen wiederholten Gruß, »bitte setzen Sie sich. Ich habe Sie erwartet, und ich habe Ihnen etwas zu sagen.«

Der Geist des verstorbenen Majors starrte jetzt noch ungläubiger als zuvor.

»Wie bitte?«, antwortete er in einem dünnen, fragenden Ton.

»Bitte setzen Sie sich«, forderte Irene ihn zum dritten Mal auf.

Das Gespenst wankte in einen altmodischen Stuhl mit hoher Lehne hinein, der durch seine Gestalt hindurch deutlich sichtbar blieb. Ein oder zwei Augenblicke lang beäugten sich die beiden schweigend. Irgendwie schien die Situation selbst für das Gespenst recht angespannt zu sein.

»Ich denke«, sagte Irene und brach das Schweigen, »dass es Ihnen schwerfallen würde, die Bitte einer Dame abzulehnen.«

»Oh, das wäre völlig unmöglich«, kam die zitternde Stimme des Gespenstes mit altmodischer Galanterie, »besonders bei einem reizenden Geschöpf wie eines, das wir hier sehen können.«

»Alles«, fügte er in einem leicht veränderten Tonfall hinzu, als hätten ihn seine Erfahrungen im Land der Geister, die Notwendigkeit der Vorsicht gelehrt – »alles, was vernünftig ist, natürlich.«

Irene lächelte ihr überzeugendstes Lächeln. »Sehe ich aus wie jemand, der unvernünftige Dinge verlangen würde?«, fragte sie.

»Ich bin sicher, dass nichts, was Sie verlangen, unvernünftig sein könnte«, erwiderte das Gespenst mit so viel Galanterie, dass Irene einen Moment lang das verwirrende Gefühl hatte, ihre Identität verloren zu haben, denn bei einem Gespenst zu sein, das ihr solche Komplimente macht, gab ihr natürlich sehr das Gefühl, selbst eines zu sein.

»Und die McHugh-Diamanten können Ihnen jetzt sicher nichts mehr nützen«, fuhr Miss Gaspic fort, indem sie ihr Thema mit wahrhaft weiblicher Indirektheit einführte.

»Die McHugh-Diamanten?«, stammelte der Geist, als ob der Schock der Überraschung, unter dem er merklich dünner wurde, fast mehr war, als seine körperlose Gestalt ertragen konnte.

»Ja«, antwortete Irene. »Natürlich habe ich keinen Anspruch darauf, aber die Familie ist in großer Not, und – «

»Sie wollen meine Diamanten verkaufen!«, rief das Gespenst und sprang zornig auf. »Diese degenerierten, unwürdigen ... «

Ihm schienen die Worte zu fehlen, und er schluckte aufgeregt noch zwei oder drei Gläser Wein in schneller Folge hinunter.

»Warum, Sir«, fragte Irene belanglos, »scheinen Sie immer damit beschäftigt zu sein, Wein zu trinken?«

»Weil«, antwortete er traurig, »ich tot umgefallen bin, während ich auf die Gesundheit von Lady Betty Rafferty getrunken habe, und seither muss ich es tun, wann immer ich in der Gegenwart von Sterblichen bin.«

»Aber können Sie nicht damit aufhören?«

»Nur, wenn ihre Ladyschaft es wünscht«, antwortete er mit seiner ganzen altmodischen Höflichkeit.

»Und was die Diamanten betrifft«, sagte Irene und kam mit einer Abruptheit auf das Thema zurück, die dem Geist sehr unangenehm zu sein schien,

»welchen Nutzen können sie Ihnen in Ihrem jetzigen Zustand bringen?«

»Welchen Nutzen?«, wiederholte der Schatten des Majors mit viel Schärfe. »Sie sind meine Berufung. Ich bin ihr Schutzgeist.«

»Aber«, drängte sie, wobei sie ihre logischen Fähigkeiten zum Einsatz brachte, auf die sie immer stolz gewesen war, »Sie trinken doch nur den Geist des Weins, nicht wahr?«

»Gewiss, Madame«, antwortete der Geist sichtlich verwirrt.

»Warum können Sie sich nicht damit begnügen, den Geist der McHugh-Diamanten zu bewachen, während Sie dem echten, lebendigen Arthur McHugh die echten Steine überlassen?«

»Nun, das«, erwiderte die Erscheinung mit wahrer männlicher Verdrehtheit, »ist anders – ganz anders.«

»Inwiefern ist es anders?«

»Im Moment bin ich der Hüter eines echten Schatzes. Ich bin die bedeutendste Persönlichkeit in meinen Kreisen.«

»Ihren Kreisen?«, unterbrach Irene.

»Sie würden es nicht verstehen«, sagte die Gestalt, »also werde ich mit Ihrer Erlaubnis die Schilderung meiner Umgebung weglassen. Aber wenn ich die

Diamanten aufgäbe, wäre ich nur ein gewöhnlicher Trinkergeist – jemand über den getratscht und gelächelt wird.«

»Sie würden posthum als Wohltäter Ihrer Familie verehrt werden«, drängte sie.

»Ich bin mehr mit den Dingen zufrieden, wie sie sind. Ich habe kein großes Vertrauen in die Belohnungen von Wohltätern; und die, welche begünstigt würden, wären auch nicht Teil meiner Kreise.«

»Sie sind sowohl egoistisch als auch zynisch«, erklärte Irene.

Sie überlegte, was sie ihm Besseres sagen konnte, und stellte unterdessen mit Genugtuung fest, dass die Kerze blau brannte, eine Tatsache, die für ihr geschultes Auge darauf hindeutete, dass es sich bei dem Gespenst um einen Geist handelte, der in den Reihen seinesgleichen eine herausragende Stellung innehatte.

»Die Missbilligung einer so reizenden Frau zu erleiden«, erwiderten die Überreste des alten Herrn, »ist ein so schweres Unglück, dass ich nicht umhinkann, daran zu erinnern, dass Sie mit den Bedingungen, unter denen ich lebe, nicht ganz vertraut sind.«

In diesem unbefriedigenden Ton ging das Gespräch noch einige Zeit weiter. Als sich der Geist schließlich verabschiedete und Irene sich zur Ruhe begab, konnte sie sich nicht damit schmeicheln, dass sie besondere Fortschritte gemacht hätte, um den Geist dazu zu bringen, sein so lange und sorgfältig gehütetes Geheimnis preiszugeben.

Die Gewogenheit des Majors schien mit unsterblicher Beständigkeit auf die Edelsteine gerichtet zu sein, und die mächtigste aller männlichen Leidenschaften, die Eitelkeit, diente zu ihrer Verteidigung.

»Ich fürchte, es nützt nichts«, seufzte Irene vor sich hin, »und doch war er nur ein Mann, als er noch lebte, und viel mehr kann er jetzt auch nicht sein, wo er ein Geist ist.«

Recht getröstet durch die Überlegung, dass alles Männliche durch weibliche List überwunden werden kann, schlief sie ein.

IV

Am folgenden Nachmittag fand Irene sich mit dem Leutnant auf dem Fluss rudernd wieder. Zunächst hatte sie seine Einladung mitzukommen, abgelehnt. Dann freute sie sich so sehr über ihre Willensstärke, die sie befähigt hatte, der Versuchung zu widerstehen, dass sie der Ablehnung eine Annahme folgen ließ.

Der Tag war angenehm sanft und mild. Ein schwacher Dunst schirmte die Hitze der Sonne ab, während eine südliche Brise von irgendwo einen würzigen und erfrischenden Geruch mitbrachte und ihn großzügig über das Wasser verbreitete.

Der Fluss bewegte sich ruhig, und jeder, der zu sentimentalen Gefühlen fähig war, konnte sich den Einflüssen des Nachmittags nur schwer entziehen.

Der Leutnant war so leidenschaftlich verliebt, wie es für einen Mann möglich ist, der gleichzeitig Soldat und gut aussehend ist, und in der Tat mehr, als man von einem Mann erwartet hätte, der solche zufriedenstellenden Ursachen in sich vereint.

Die Tatsache aber, dass Irene viel Geld hatte, während er keines hatte, gab ihm eine Hoffnungslosigkeit, welche die Inbrunst seiner Leidenschaft nur noch verstärkte.

Er sah seine Begleiterin mit seinen großen dunklen Augen an, während sie im Heck saß, wobei seine schweren Augenbrauen und sein gut entwickelter Schnurrbart verhinderten, dass er so albern aussah, wie es sonst vielleicht der Fall gewesen wäre.

Miss Gaspic war keineswegs unempfindlich gegen den Zauber des Augenblicks und der Gesellschaft, in der sie sich befand, aber sie war vor allem entschlossen, diskret zu sein.

»Arthur«, sagte sie, um das Gespräch in stabilen Bahnen zu halten, aber auch, um herauszufinden, was sie wissen wollte, »wurde jemals nach den McHugh-Diamanten gesucht?«

»Gesucht!«, wiederholte er. »Alles, außer das Haus abzureißen, wurde versucht. Jeder in der Familie hatte sich daran beteiligt, seit sie verloren gegangen sind.«

»Ich sehe nicht –«, begann Irene, als er sie brüsk unterbrach.

»Nein«, sagte er, »niemand sieht es. Die Lösung des Rätsels ist wahrscheinlich so einfach, dass niemand darauf kommen wird. Man wird eines Tages durch Zufall auf sie stoßen. Aber lass uns um Himmels willen von etwas anderem reden. Ich verliere immer die Beherrschung, wenn die McHugh-Diamanten erwähnt werden.«

Er erleichterte sich von seiner Ungeduld durch einen heftigen Spurt an den Rudern, der das Boot durch das Wasser wirbeln ließ. Dann schüttelte er sich, als wolle er unangenehme Gedanken abschütteln und ließ sich noch einmal von der Strömung mitreißen.

Irene sah ihn mit wehmütigen Augen an. Sie hätte ihm so gern ihr ganzes Geld gegeben, wenn er es hätte haben wollen.

»Du hast mich wissen lassen«, meinte sie schließlich mit einem leichten Anflug von Selbstbewusstsein, »dass du mir etwas sagen willst.«

Der junge Leutnant errötete und blickte zwischen den Stämmen der alten Bäume am Flussufer hindurch in die Ferne. »Das habe ich«, antwortete er.

»Es ist aber ein wenig frech von mir, denn ich habe eigentlich kein Recht, es dir zu sagen.«

»Du darfst alles sagen, was du sagen willst«, antwortete Irene, während eine vage Befürchtung vor dem, was kommen könnte, in ihrem Tonfall zu spüren war. »Dafür kennen wir uns doch sicher schon lange genug.«

»Nun«, platzte er in einer schroffen Art heraus, welche die Anstrengung zeigte, die es ihn gekostet hatte: »Du solltest heiraten, Irene.«

Irene hatte das Gefühl, in Tränen auszubrechen, aber mit wahrhaft weiblicher Stärke gelang es ihr, stattdessen zu lächeln.

»Bin ich denn schon so jämmerlich alt und blass geworden, Arthur?«, fragte sie.

Sein Blick der vorwurfsvollen Verneinung war beredt genug, um kein weiteres Wort zu benötigen. »Natürlich nicht«, sagte er, »aber du solltest nicht auf die Zeit zugehen, wenn – «

»Wenn ich es sein werde«, beendete sie seinen Satz, während er zögerte. »Dann, Arthur, warum fragst du mich nicht, ob ich dich heiraten will?«

Das Blut rauschte in sein Gesicht, ebbte wieder ab und ließ ihn so blass zurück, wie es ein so sonnengebräunter Mensch nur sein konnte.

Er biss die Zähne zusammen bei dem Gedanken an das Wort 'mich', das in seiner Äußerung zu ihrer Heirat erstickt worden war, und Irene sah mit heimlicher Bewunderung den mächtigen Griff seiner Hände nach den Rudern.

Sie konnte stolz auf seine Selbstbeherrschung sein, solange sie von der Intensität seiner Gefühle überzeugt war, und sie war von dem bewundernden, anziehenden Blick in seinen braunen Augen fast so sehr erregt, wie sie es von einer Liebkosung gewesen wäre.

»Weil«, sagte er dann, »die McHughs noch nie als Glücksritter hingestellt wurden, und ich möchte nicht derjenige sein, der diesen Vorwurf über die Familie bringt.«

»Was für eine abscheulich egoistische Betrachtungsweise!«, rief sie.

»Sehr wahrscheinlich kommt es einer Frau so vor.«

Irene errötete ihrerseits, und zwei Minuten lang war kein Geräusch zu hören, außer dem des Wassers, das leise gegen das Boot plätscherte. Dann sprach Miss Gaspic wieder.

»Es ist möglich«, sagte sie in einem so kalten Ton, dass der arme Leutnant nicht zu antworten wagte, »dass die Tatsache, dass du ein Mann bist, dich daran hindert, zu verstehen, wie sich eine Frau fühlt, die sich einem Mann an den Hals geworfen hat, wie ich es getan habe und dabei zurückgewiesen wurde.«

»Bring mich zurück ans Ufer.«

Und er fand keine Worte, um zu antworten.

V

Einem Mann einen Heiratsantrag gemacht zu haben und abgelehnt worden zu sein, ist für keine Frau eine beruhigende Erfahrung. Obwohl der Grund, auf den Arthur seine Ablehnung gestützt hatte, einer war, von dem Irene schon vorher gewusst hatte, dass er das Hindernis zwischen ihnen ist, blieb die Ablehnung eine hartnäckige Tatsache, die sich in ihrem Kopf festsetzte.

Den ganzen Abend pflegte sie ihre verletzten Gefühle, und als sie um Mitternacht wieder dem Geist des Majors gegenüberstand, war ihr Temperament in einem Zustand, den niemand auch nur im Entferntesten lediglich als unsicher bezeichnen würde, es sei denn, man hätte den Wunsch, den Ruf einer Lady zu schützen.

Der Geist erschien wie üblich, salutierte und nahm einen Schluck nach dem anderen aus seinem schattenhaften Weinglas, und er hatte mindestens ein Dutzend Gläser geleert, bevor Miss Gaspic sich herabließ, zu zeigen, dass sie sich seiner Anwesenheit bewusst war.

»Warum stehen Sie da rum und trinken auf diese idiotische Weise?«, fragte sie mit mehr Schroffheit als Höflichkeit. »Einmal reicht für so etwas völlig aus.«

»Aber ich kann nicht sprechen, bevor ich nicht angesprochen worden bin«, antwortete der Geist entschuldigend, »und ich muss weiter trinken, bis ich aufgefordert werde, etwas anderes zu tun.«

»Dann trinken Sie ruhig«, erwiderte Irene kalt und wandte sich ab, um ein Buch in die Hand zu nehmen. »Ich hoffe nur, dass Ihnen so viel Wein nicht zu Kopf steigt.«

»Das tut er aber ganz gewiss«, sagte das Gespenst in einem kläglichen Ton, »und in meinem ganzen Dasein, selbst als ich nur ein Mensch war, bin ich in Gegenwart einer Dame noch nie vom Wein überwältigt worden.«

Während das Gespenst sprach, schluckte es weiter den Geist des Rotweins hinunter und wurde dabei von Irene neugierig beobachtet.

»Ein betrunkener Geist«, bemerkte sie leidenschaftslos, »ist etwas, das zu sehen den Sterblichen so selten vergönnt ist, dass es die größte Torheit wäre, diese Gelegenheit zu versäumen, ohne einen Blick auf dieses Phänomen zu werfen.«

»Bitte sagen Sie mir, dass ich weggehen oder mich hinsetzen oder sonst irgendetwas tun soll«, flehte der ehemalige Major.

»Dann sagen Sie mir, wo die McHugh-Diamanten sind«, sagte sie.

Ein Blick verzweifelter Sturheit trat in das Gesicht des Gespenstes, durch das hindurch man in unangenehmer Weise die Messinggriffe eines hochstehenden Sekretärs auf der gegenüberliegenden Seite des Raumes erkennen konnte.

Einige Augenblicke lang standen sich die beiden schweigend gegenüber, wobei die Erscheinung ihr Trinken fortsetzte.

Irene beobachtete das Gespenst mit unerbittlicher Miene und machte schließlich die merkwürdige Entdeckung, dass es auf seinen Zehenspitzen stand.

In einem weiteren Augenblick sah sie, dass es sich tatsächlich erhoben hatte und seine Füße von Zeit zu Zeit den Teppich ganz verließen.

Ihr erster Gedanke war die Befürchtung, dass es im Begriff war, hinweg zu schweben und zu entkommen, aber bei näherer Betrachtung kam sie zu dem Schluss, dass es sich bemühte, der Tendenz, sich in die Luft zu erheben, zu widerstehen.

Als sie genauer hinsah, bemerkte sie, dass es mit der rechten Hand seinen unerschöpflichen Weinbecher hochhielt, während es sich mit der linken Hand an die Lehne eines Stuhls klammerte, in dem offensichtlichen Bestreben, sich unten zu halten.

»Sie scheinen auf ihren Zehenspitzen zu stehen«, bemerkte sie. »Suchen Sie etwas?«

»Nein«, antwortete das Gespenst sichtlich verwirrt, »das ist nur die 'Levitation', die durch das ständige Trinken entsteht.«

Irene lachte verächtlich. »Meinen Sie«, fragte sie gefühllos, »dass es ein Zeichen eines Rausches bei einem Geist ist, die Neigung zu entwickeln, sich in die Luft zu erheben?«

»In unseren Kreisen gilt es als höflicher, den von den Okkultisten verwendeten Begriff zu verwenden«, antwortete die Erscheinung etwas schmollend. »Wir sprechen davon als 'Levitation'.«

»Aber ich gehöre nicht zu Ihren Kreisen«, erwiderte Irene fröhlich, »und ich sympathisiere nicht mit den Okkultisten. Kommt es Ihnen nicht in den Sinn«, fuhr sie fort, »dass es sich lohnen würde, die Tatsache in Betracht zu ziehen, dass Sie in diesen fortschrittlichen Zeiten nicht mehr denselben Platz in der allgemeinen oder sogar in der wissenschaftlichen Wertschätzung einnehmen, den Sie früher hatten?«

»Sie sind heutzutage nur eine Halluzination, wissen Sie, und es gibt keinen Grund, dass man Sie mit etwas anderem als Verachtung betrachten sollte und Sie lediglich die Folge einer Verdauungsstörung oder einer geistigen Erschöpfung sind.«

»Aber Sie sehen doch, dass ich keine Halluzination bin, nicht wahr?«, sagte der arme Geist des Majors mit zittriger Stimme, der offensichtlich furchtbar entmutigt war.

»Oh, das ist lediglich eine Sinnestäuschung«, antwortete Irene in einer sachlichen Art, die sie selbst schon beim Sprechen als niederträchtig empfand. »Jeder Arzt würde mir das sagen und mir ein Rezept ausstellen, das mich davor bewahrt, dass ich Sie wieder sehen kann.«

»Aber er kann das überhaupt nicht«, sagte der Geist mit pathetischer Schwäche.

»Sie kennen die Ärzte von heute nicht«, erwiderte sie lächelnd. »Aber, um das jetzt nicht weiter fortzuführen – was ich sagen wollte, war Folgendes:«

»Erscheint es Ihnen nicht so, dass dies eine gute Gelegenheit ist, Ihre Realität zu beweisen, indem Sie mir das Versteck der Diamanten zeigen?«

»Ich gebe Ihnen mein Wort, dass ich den Fall der Psychical Research Society melden werde, und Sie werden dann in die Geschichte eingehen und einen dauerhaften Ruf haben, den die Ungläubigkeit der Zeit nicht zerstören kann.«

Das Gespenst befand sich inzwischen in einem Rauschzustand, der es offenbar nur mit äußerster Mühe davon abhielt, zur Decke zu segeln. Es klammerte sich verzweifelt an die Lehne eines Stuhls, während seine Füße hoffnungslos und hilflos in der Luft paddelten, bei den vergeblichen Versuchen, noch einmal mit dem Boden in Berührung zu kommen.

»Aber die Psychical Research Society ist in meinen Kreisen nicht anerkannt«, wehrte er sich immer noch.

»Nun gut«, rief Irene verärgert aus, »tun Sie, was Sie wollen! Aber wie wird es sich auf Ihren Ruf auswirken, wenn sich ihr Zustand verschlimmert und Sie hilflos zu Ihren Kreisen zurück schweben? Wird das Schweben in Gegenwart von Damen in dieser Gesellschaft, von der Sie so viel halten, als respektabel angesehen?«

»Oh, wenn ich nur daran denke!«, jammerte der Geist des vergangenen Majors mit einem plötzlichen Schrei, der selbst Miss Gaspic das Blut in den Adern gefrieren ließ. »Oh, was für eine Schande wäre das! Ich werde alles tun, was Sie verlangen.«

Irene sprang in plötzlicher Aufregung auf die Füße. »Werden Sie es mir jetzt zeigen – «, begann sie, aber sie wurde durch die schwankende Stimme des Geistes unterbrochen:

»Sie müssen mich aber führen«, sagte der Geist. »Geben Sie mir ihre Hand. Ich werde sonst an die Decke schweben, wenn ich den Stuhl loslasse.«

»Meine Hand – das heißt ich – ich mag das Gefühl von Geistern nicht«, erwiderte Irene. »Hier, halten Sie sich daran fest!«

Sie hob eine perlenbesetzte Papierschere auf und streckte sie dem Geist entgegen. Der Geist ergriff sie und er wurde von ihr auf diese Weise durch die Kammer geleitet, wobei er über ihr wie ein Vogel schwebte und zappelte.

Irene war erstaunt über die Kraft, mit der er an der Schere zog, aber sie dachte auch daran, dass er wirklich eine enorme Menge seiner Geister-Stimulanz geschluckt hatte.

Sie folgte den Anweisungen der winkenden Hand, die auch das Weinglas hielt, und so kamen sie in eine Ecke des Raumes, wo der Geist Zeichen gab, dass er näher an den Boden herankommen wollte.

Irene zog die Gestalt nach unten, bis sie in der Ecke hockte. Dann legte der Geist eine durchsichtige Hand auf ein bestimmtes Paneel in der Vertäfelung.

»Suchen Sie hier«, sagte er.

In der Aufregung des Augenblicks ließ Irene ihren Griff um die Schere los. Sofort schwebte das Gespenst nach oben wie ein Luftballon, der sich aus seiner Verankerung gelöst hat, während die Schere auf den Boden fiel.

»Auf Wiedersehen«, rief Irene ihm nach. »Ich danke Ihnen vielmals!«

Und wie eine verschwommene und sich auflösende Wolke über ihrem Kopf verblasste der berauschte Geist ins Nichts.

VI

Es war kaum zu erwarten, dass Irene, die vor stolzer Freude errötet war, über den hartnäckigen Geist des Majors triumphiert zu haben, ihre Entdeckung so lange für sich behalten konnte, bis es Tag wurde.

Es war schon fast ein Uhr morgens, aber als sie zu ihrem Fenster ging und zu dem Flügel des Hauses hinüberschaute, in dem sich die Zimmer des Leutnants befanden, sah sie, dass sein Licht noch brannte.

Mit dem stillen Gefühl, dass er wahrscheinlich über die Ereignisse des Nachmittags nachdachte, eilte Irene den Gang entlang zur Tür von Fannys Kammer, die sie weckte und losschickte, um Arthur zu holen.

Fannys typisch weibliche Art, ihren Bruder zu rufen, bestand darin, in sein Zimmer zu stürzen und zu schreien:

»Oh, Arthur, Irene hat die McHugh-Diamanten gefunden!«

Sie sprach in einer so zusammenhanglosen Weise und ohne auf seine Fragen zu antworten, dass ihm offensichtlich nichts anderes übrig blieb, als zu dem Ort zu folgen, wo Irene auf sie wartete.

Dort verließ Fanny das junge Paar. Impulsiv lief sie voraus, um in das Spukzimmer zu gelangen, und ließ sie zurück, damit sie ihr später folgen.

Als sie dann den Korridor entlanggingen, umarmte sie der Leutnant. Er spürte vielleicht, dass es gut war, keine Diskussion zu provozieren, die Irene die Demütigung des Nachmittags zu lebhaft ins Gedächtnis rufen könnte. Ganz ohne Vorwarnung zog er sie an seine Seite.

»Jetzt kann ich dich bitten, mich zu heiraten«, sagte er, »und ich liebe dich Irene, von ganzem Herzen.«

Ihre erste Regung war ein instinktiver Kampf, sich von ihm zu befreien, aber die Überzeugung seiner Umarmung war zu süß, um ihr zu widerstehen, und sie protestierte nur, indem sie sagte: »Deine Liebe scheint sehr von diesen abscheulichen alten Diamanten abzuhängen.«

»Natürlich«, antwortete er. »Ohne sie bin ich zu arm, um ein Recht zu haben, an dich zu denken.«

»Oh«, rief sie in plötzlichem Schrecken aus, »nimm einmal an, sie sind nicht da!«

Der junge Mann löste erstaunt seine Umarmung.

»Nicht da!«, wiederholte er. »Fanny sagte, du hättest sie gefunden.«

»Noch nicht, nur das Gespenst – «

»Das Gespenst!«, wiederholte er mit einer Mischung aus Enttäuschung und Verärgerung. »Ist das alles, was es zu sagen gibt?«

Irene fühlte, dass ihr goldener Liebestraum gerade unsanft in die Brüche ging.

Sie war sich bewusst, dass der Leutnant nicht einmal im Traum an die Existenz des Gespenstes des Majors glaubte, und obwohl sie sich in dieser Nacht so lange mit dem Geist unterhalten hatte, war der Einfluss ihres Geliebten auf ihr Gemüt so groß, dass sie in diesem Moment begann, selbst an der Realität der Erscheinung zu zweifeln.

Mit bleichem Gesicht und sinkendem Herzen ging sie auf dem Weg in ihre Kammer voran und in die Ecke, wo die Papierschere noch auf dem Boden lag, als Zeugnis für die Wahrhaftigkeit ihres Gesprächs mit dem Gespenst.

Dann wurde unter ihrer Anleitung das Paneel von der Vertäfelung entfernt, eine Arbeit, die nicht ohne große Schwierigkeiten ausgeführt werden konnte.

Arthur spottete über die ganze Sache, aber er war dennoch gutmütig genug, um zu tun, was die Mädchen von ihm verlangten.

Ihr Suche wurde jedoch nur von dem Staub der Jahrhunderte belohnt. Als feststand, dass sich dort keine Schmuckkästchen befanden, sackte die arme Irene zusammen und brach in krampfhaftes Weinen aus.

»Na, na«, sagte Arthur beruhigend. »Fühle dich nicht so schlecht. Wir sind bis jetzt ohne die Diamanten ausgekommen, und wir können es immer noch.«

»Es sind nicht die Diamanten, um die ich weine«, schluchzte Irene mit der ganzen Naivität eines Kindes, das sein Lieblingsspielzeug verloren hat. »Es ist deinetwegen.«

Diesem Appell konnte er nicht widerstehen. Arthur nahm sie in die Arme und tröstete sie, während Fanny diskret in die andere Richtung schaute; und so durfte die Verlobung bestehen bleiben, obwohl die McHugh-Diamanten nicht gefunden worden waren.

VII

In der nächsten Nacht stand Irene dem Geist mit einem Ausdruck der Verachtung gegenüber, der den Geist von Hamlets Vater hätte verwelken lassen.

»Sie halten es also für angemessen, eine Lady zu betrügen?«, fragte sie verächtlich. »Ist das die Art und Weise, wie sich die Gentlemen der 'alten Schule', von der wir so viel hören, verhalten haben?«

»Nun, Sie sollten bedenken«, erwiderte das Gespenst schwankend, »dass Sie für meinen Rausch verantwortlich waren.«

Und in der Tat, der arme Geist zeigte noch immer die Nachwirkungen seiner Betrunkenheit.

»Sie können nicht sehr berauscht gewesen sein«, erwiderte Irene, »sonst hätten Sie mich nicht täuschen können.«

»Aber Sie sehen doch«, antwortete er, »dass ich nur den Geist des Weines getrunken habe, sodass ich auch nur den Geist eines Rausches hatte.«

»Aber da Sie selbst ein Geist sind«, erwiderte sie, »hätte das doch genügen müssen, um Sie völlig betrunken zu machen.«

»Ich streite nie mit einer Dame«, sagte er hochmütig, da das Thema offenbar zu kompliziert war, um es weiter zu verfolgen.

»Wenigstens ist es mir gelungen, Sie so weit wie möglich auf eine falsche Fährte zu bringen.«

Während er sprach, vermied er es, so gut es ging, seinen Blick in die Ecke des Zimmers zu richten, die schräg gegenüber derjenigen lag, in der er in der vergangenen Nacht verschwunden war.

»Ah!«, rief Irene unter dem Eindruck einer plötzlichen Eingebung.

Sie sprang auf und begann einen alten Sekretär, der dort stand, von seinem Platz in der Ecke zu bewegen. Das Ding war recht schwer, aber sie rief nicht um Hilfe. Sie zerrte und zerrte, wobei das Gespenst deutliche Anzeichen von Beunruhigung zeigte, während sie das Möbelstück beiseite zog.

Dann setzte sie sich mit ihrer Lampe neben sich auf den Boden und begann, die Vertäfelung zu untersuchen.

»Kommen Sie bitte weg«, sagte das Gespenst fast mitleidig. »Ich hasse es, Sie dort auf dem Boden zu sehen. Kommen Sie und setzen sich ans Feuer.«

»Danke«, erwiderte sie. »Ich fühle mich sehr wohl, da wo ich bin.«

Sie fühlte über das Paneel, sie stocherte und stieß, und mehr als eine Stunde lang arbeitete sie, während der Geist über ihr stand und sie anflehte, wegzugehen.

Gerade als sie aufgeben wollte, kam ihr beim Darüberstreichen mit den Fingern Staub aus einem winzigen Loch in der Kante eines Paneels entgegen.

Sie nahm eine Haarnadel aus ihren Locken und stieß die Spitze in die kleine Öffnung.

Das Paneel bewegte sich und öffnete sich langsam auf einem verborgenen Scharnier, und zwar so weit, dass sie ihre Finger dahinter bringen und es wegschieben konnte.

Eine Art Schrank kam zum Vorschein, in dem sich ein Stapel staubiger, mottenzerfressener und von der Zeit befleckten Kisten befand.

Sie griff nach der ersten, die ihr zur Hand kam, und öffnete sie.

Auf der Unterlage aus verblichenem Samt leuchtete der 'McHugh-Stern', prächtig in seiner Schönheit und schon ein Vermögen an sich.

»Oh, meine Diamanten!«, schrie der Geist von Major McHugh. »Oh, was wird man in unseren Kreisen sagen!«

»Sie werden das Recht haben, zu sagen, dass Sie unhöflich zu einer Dame waren«, antwortete Irene mit ungebührlicher Strenge.

»Sie haben auch die Gelegenheit vergeudet, in die Geschichtsbücher aufgenommen zu werden«, fügte sie noch hinzu.

»Jetzt bin ich nur noch ein saufendes Gespenst!«, jammerte er und verschwand in der Luft.

Und so kam es, dass Irene an ihrem Hochzeitstag den 'McHugh-Stern' trug.

Dennoch ist die menschliche Absurdität so groß, dass nicht nur ihr Ehemann sie davon überzeugen konnte, dass Geister nicht existieren; zudem verlor sie auch noch völlig die Fähigkeit, sie zu sehen, obwohl ihr diese einzigartige und wertvolle Gabe, wie schon gesagt wurde, von einer Großtante mütterlicherseits vererbt worden war.

EIN PROBLEM BEI DER PORTRÄTIERUNG

I

»Es sieht ihm nicht ähnlich«, sagte Celia Sathman und trat ein wenig zur Seite, damit das Nachmittagslicht besser auf das Porträt fallen konnte, das unvollendet auf der Staffelei stand, »aber es ist zweifellos das beste Bild, das du je gemalt hast. Es interessiert mich, es fasziniert mich. Dieses Gefühl hatte ich bei Ralph selbst überhaupt nicht. Und doch«, fügte sie hinzu und lächelte über ihre eigene Inkonsequenz, »*ist* es wie er. Es ist nicht das, was ich ein gutes Ebenbild nenne, und doch – «

Der Künstler, Tom Claymore, lehnte sich in seinem Stuhl zurück und lächelte.

»Du hast recht und unrecht«, sagte er. »Ich bin ein wenig enttäuscht, dass du das Geheimnis des Bildes nicht begreifst. Ich wusste, dass Ralph es nicht verstehen würde, aber ich hatte doch Hoffnungen in dich gesetzt.«

Ein verwirrter Blick trat in Celias Gesicht, während sie weiterhin die Leinwand studierte. Der Künstler, ihr Freund und Verlobter, rauchte eine Zigarette und beobachtete sie mit einem Blick, der zugleich liebevoll und ein wenig amüsiert war.

Das Atelier war ein großer Raum, der ursprünglich einer nicht minder prosaischen Beschäftigung gewidmet war, nämlich dem Bemalen von Wachstuchteppichen, wobei große Farbspritzer, die von der Zeit und dem Staub zu einem angenehmen, dunklen Ton verblichen waren, von seinem früheren Charakter zeugten.

Es befand sich zwischen den Werften des alten Salem, einer Stadt, in der selbst das Neue kaum vom Alten zu unterscheiden ist, und Tom war begeistert von seiner geräumigen Ruhe, dem Spiel von Licht und Schatten zwischen den kahlen Balken über dem Dach und der Leichtigkeit, mit der er es für seine Zwecke hatte nutzen können.

Er hatte verhältnismäßig wenig getan, um es für seinen Sommeraufenthalt einzurichten. Ein paar abgenutzte Fischernetze wurden über die hohen Balken gehängt und hier und da waren seine neuesten Errungenschaften an Schnickschnack platziert, während zahlreiche Skizzen ohne jeden Versuch einer Ordnung an die Wände gepinnt waren.

An der Tür hatte er eine Zither befestigt, deren Saiten von gut ausbalancierten Hämmern angeschlagen wurden, wenn die Tür bewegt wurde.

In diesem immer noch eher scheunenartigen Raum hatte er sich also eingerichtet, um die Sommermonate hindurch zu unterrichten und zu malen.

»Nein, ich kann es überhaupt nicht erkennen«, sagte Celia schließlich. Sie wandte sich von der Staffelei ab und ging auf Claymore zu.

»Es sieht älter und stärker aus als Ralph, als ob –
ah!« – unterbrach sie sich plötzlich selbst und ihr
Gesicht erschien in einem neuen Licht.

»Jetzt sehe ich es! Du hast seine Möglichkeiten
gemalt. Du machst ein Porträt von ihm, wie er
einmal sein wird.«

»Wie er vielleicht einmal sein mag«, korrigierte
Claymore sie, wobei seine Worte zeigten, dass ihre
Vermutung in Wahrheit der Schlüssel zum Rätsel
war.

»Als ich damit begonnen habe, Ralph zu malen, fiel
mir sofort der unentwickelte Zustand seines
Gesichts auf. Es kam mir vor wie eine Knospe, die
noch nicht aufgegangen war, und ich begann sofort
zu erraten, was daraus werden würde.«

»Zuerst wollte ich es nicht so malen, aber der
Gedanke beherrschte mich, und jetzt gebe ich mich
bewusst dem Impuls hin. Ich weiß nicht, ob es
professionell ist, aber es macht großen Spaß.«

Celia ging wieder zur Staffelei hin und betrachtete
noch einmal das Bild, kam aber gleich wieder
zurück, um sich an den hohen Rücken des Stuhls
zu lehnen, in dem der Künstler saß.

»Es wird zu dunkel, um es zu sehen«, bemerkte
sie, »aber dein Experiment interessiert mich doch auf
wundersame Weise. Du sagst, du malst, wie sein
Gesicht sein könnte; warum nicht, wie sein Gesicht
sein soll?«

»Weil«, antwortete der Künstler, »ich nur versuche das Beste aus seinen jetzigen Möglichkeiten herauszuholen, das Edelste zu malen, was in ihm steckt. Wie kann ich sagen, ob er es dann im Leben verwirklichen wird? Er könnte seine schlechteste Seite entwickeln, weißt du, statt seiner besten.«

Celia war einen Moment lang still. Die Dunkelheit schien schnell herbeizukommen und aufsteigende Wolken verdeckten das Licht des Abendleuchtens, das dem Sonnenuntergang mit trügerischem Versprechen gefolgt war. Sie beugte sich vor und legte sanft ihre Fingerspitzen mit einer streichelnden Bewegung auf Toms Stirn.

»Du bist ein kluger Mann«, sagte sie, »es ist ein Glück, dass du auch ein guter bist.«

»Oh«, erwiderte er fast brüsk, obwohl er ihre Hand nahm und sie küsste, »ich weiß nicht, ob ich irgendeine besondere Tugend für mich beanspruchen kann.«

»Erinnerst du dich an Hawthornes Geschichte von 'die prophetischen Bilder'*, dass du das Gute in mir in diesem Zusammenhang für ein besonderes Glück hältst?«

[* eine düstere Geschichte über die Seele eines Künstlers, der nicht nur das Äußere eines Mannes malte, sondern auch seine Gedanken und das Innere seines Herzens – womöglich auch ein schreckliches Geheimnis]

Statt zu antworten, bewegte sie sich durch das Atelier mit ihrem anmutigen, festen Gang, der bereits Toms tiefe Bewunderung gewonnen hatte, noch bevor er überhaupt ihren Namen kannte. Sie nahm einen leichten, altmodischen Seidenschal, der mit der Zeit vergilbt war, und warf ihn über ihren Arm.

»Ich muss nach Hause«, bemerkte sie, als ob kein Thema zur Debatte stünde. »Ich weiß gar nicht, was ich mir dabei gedacht habe, so lange hierzubleiben.«

»Oh, im verschlafenen alten Salem gibt es keine Zeit«, war seine Antwort, »also kann es nicht zu spät sein; aber wenn du gehen willst, würde es mich freuen, mit dir zu kommen.«

Er warf das Ende seiner Zigarette weg, schloss das Atelier ab und gemeinsam nahmen sie ihren Weg aus der Gegend der Werften heraus, entlang der malerischen alten Heruntergekommenheit der Essex Street. Sie ist eine Durchgangsstraße voller Hinweise auf die Vergangenheit, und sie beide waren empfänglich für deren Einfluss.

Hier pulsierte einst das geschäftige Leben von Salem in einem kräftigen Strom voll von Interessen, die den halben Globus umspannten. Seeleute aus fremden Ländern versammelten sich, dunkelhäutig und mutig, die sich gegenseitig wilde und kühne Abenteuer erzählten. Hier zählten Kaufleute ihre Gewinne aus Ladungen, die aus dem fernen Orient und von Inseln gebracht wurden und deren Namen der westlichen Welt noch kaum vertraut waren.

Hawthorne hatte an irgend einer Stelle von dem alten Leben in Neuengland als allzu düster gesprochen und erklärt, dass unsere Vorfahren 'ihr Netz des Lebens mit kaum einem einzigen rosafarbenen oder goldenen Faden gewebt hatten'; aber sicherlich wurde der Meister durch die von der Zeit angesammelte Trübung getäuscht. Auch in jedes alte Wandteppichgewebe floss so manche helle Linie in Scharlach und Grün und Azur und auch so mancher goldene Faden, welche die Zeit verblassen ließ und der Staub der Jahre trübte, bis alles grau und verblichen war.

Einst gingen sie auf den von Erinnerungen heimgesuchten Straßen von Salem, Seite an Seite und Hand in Hand, die glückliche Jungfrau und ihr Geliebter. Hier schritt dann der Brautzug entlang und später die junge Frau, die unter ihrem Herzen mit ängstlicher Glückseligkeit das süße Geheimnis eines anderen Lebens als das ihres eigenen trug. Schließlich ging die frischgebackene Mutter mit ihrem erstgeborenen Sohn durch eine Herrlichkeit, die halb Sonnenlicht und halb Träume von seiner goldenen Zukunft war.

In späteren Tagen hat die ganze Romantik der Meere und das wimmelnde Leben den Klang der anklagenden Leier des Propheten zu poetischen Rhapsodien inspiriert, und die Wallungen des abenteuerlichen Blutes und der Wagemut kühner Abenteurer hatten diese alten Straßen mit lebendigen und unsterblichen Erinnerungen erfüllt.

Während sie so dahingingen, waren der Künstler und seine Begleiterin eher schweigsam. Er studierte die Lichter und Schatten mit anerkennendem Auge, und sie war offenbar in Gedanken versunken.

Schließlich schien sie in ihrer Träumerei auf einen Zweifel zu kommen, zu dessen Lösung sie seine Hilfe benötigte.

»Tom«, fragte sie etwas zögernd, »hast du in letzter Zeit irgendeine Veränderung an Ralph bemerkt?«

»Veränderung?«, wiederholte Claymore fragend und mit einem schnellen Aufblitzen von Interesse in seinen Augen trotz der einstudierten Ruhe seines Auftretens.

»Ja«, sagte sie, »er ist nicht mehr derselbe, seit – seit – «

»Seit wann?«, erkundigte sich der Künstler, als sie immer noch zögerte.

»Nun, fast seit wir wieder nach Hause gekommen sind und du angefangen hast, ihn zu malen«, gab Celia nachdenklich zurück, »obwohl ich gestehen muss, dass es mir erst in letzter Zeit aufgefallen ist. Hast du es nicht bemerkt?«

Anstatt direkt zu antworten, begann ihr Begleiter, die Schnitzerei am Kopf seines Spazierstocks sorgfältig zu untersuchen.

»Du vergisst, wie wenig ich ihn vorher kannte«, sagte er schließlich. »Was für eine Veränderung meinst du denn?«

»Er hat sich entwickelt. Er scheint auf einmal ein Mann zu werden.«

»Er ist achtundzwanzig. Es ist nicht verwunderlich, dass es Zeichen eines Mannes an ihm gibt, nehme ich an.«

»Aber er hat immer so jungenhaft gewirkt«, beharrte Celia mit der Miene von jemandem, dem es schwerfällt, sich verständlich zu machen.

»Wahrscheinlich ist etwas passiert, dass ihn ernüchtert hat«, antwortete Tom und bemühte sich dabei unauffällig zu sprechen, was ihn daran hinderte, zu bemerken, dass Celia bei seinen Worten leicht errötete.

Sie hatten das Tor von Miss Sathman Haus erreicht, und er hielt es ihr auf.

»Es war sehr nett von dir, heute Nachmittag zu kommen«, sagte er zu ihr. »Wann wirst du nächste Stunde nehmen?«

»Das kann ich nicht sagen«, antwortete sie. »Ich gebe dir Bescheid, aber willst du nicht mit reinkommen?«

Die Einladung wurde mit einer gewissen Wehmut ausgesprochen, aber er lehnte ab, hob seinen Hut und verabschiedete sich von ihr.

Sie drehte sich auf der Türschwelle um und sah ihm nach, als seine starke, entschlossene Gestalt die Straße hinunterging, und ein Seufzer entglitt ihr.

»Ich frage mich, ob Tom mir immer noch so reserviert und kalt erscheinen wird, nachdem wir verheiratet sind«, dachte sie.

II

Die Leute hielten Tom Claymores Wesen allgemein für kalt und zurückhaltend, weil seine Art so war. Er war vielleicht bis zu einem gewissen Grad zurückhaltend, aber der zurückhaltende Mann, der kalt ist, ist ein Ungeheuer, und Tom war weit davon entfernt, so etwas Unangenehmes wie das zu sein.

Er hatte ein schüchternes künstlerisches Temperament, und die Umstände seines eher einsamen Lebens hatten die Angewohnheit gefördert, wenig zu sagen, obwohl er tief empfinden konnte, und da er das Leben ernst nahm, fand er sich selten bereit, sein Herz in einer gewöhnlichen Unterhaltung zu öffnen. Selbst bei seiner Verlobten hatte er die Zurückhaltung, die sich jedes Jahr seines Lebens verstärkt hatte, noch nicht überwunden, und Celia war trotz ihrer Verlobung nicht ganz frei von dem verbreiteten Irrtum, dass es ihm an Gefühlswärme mangelte, weil er seine Gefühle nicht so leicht ausdrückte.

Sie war seine Schülerin in Boston gewesen, und um in ihrer Nähe zu sein, hatte er sich für den Sommer in Salem niedergelassen, unter dem Vorwand, dass er versprochen hatte, das Porträt ihres Cousins Ralph Thatcher zu malen.

Tom Claymore hätte nicht sagen können, in welchem Stadium seiner Arbeit an diesem Porträt er von der Idee besessen wurde, dass er unbewusst eher die Möglichkeiten als die Realitäten des Gesichts seines Dargestellten gemalt hatte.

Zuerst lächelte er über den Gedanken als eine bloße Fantasievorstellung und sträubte sich sogar dagegen, aber schließlich ließ er seiner Eingebung oder seiner Laune freien Lauf und bemühte sich bewusst, die edelste Männlichkeit darzustellen, von der Ralph Thatchers Gesicht seiner Meinung nach die Keime zu enthalten schien.

Insgeheim fühlte er eine Ungeduld mit dem jungen Mann, der trotz seines Reichtums, seiner Gesundheit und aller Möglichkeiten des Lebens immer noch zu sehr ein Junge zu sein schien, um diese Dinge richtig zu würdigen oder zu nutzen; und je weiter das Porträt fortschritt, desto mehr wuchs in Claymore der Glaube, dass es, wenn es fertiggestellt war, irgendeinen Effekt auf Thatcher haben könnte, indem es ihm so anschaulich die Möglichkeiten des Charakters zeigte, die er verschwendete. Der Künstler maß diesem Gedanken zwar keine große Bedeutung bei, aber als er sich diesem einmal hingegeben hatte, fand er zumindest großes Interesse daran, sein Vorhaben zu verfolgen.

Die Idee, dass ein Porträt den Dargestellten beeinflusst, ist unter Malern keineswegs neu, und Claymore bemühte sich, dass sich Thatcher das Bild ansah, sobald es über das Anfangsstadium hinaus war. Er wollte, dass es den größtmöglichen Einfluss hatte, und er war gespannt darauf, wie schnell die Abweichung von seinem exakten Abbild für das Original offensichtlich werden würde.

Es folgte eine merkwürdige Entwicklung, denn es dauerte nicht lange, bis Tom den Eindruck hatte, dass Ralph zu dem Ideal heranwuchs, welches das Porträt zeigte.

Zuerst lehnte er die Idee als völlig absurd ab. Dann erinnerte er sich an ein Erlebnis, von dem ihm ein Künstlerkollege in Paris erzählt hatte, wo ein Mädchen, das im Kleid einer Nonne gemalt worden war, das sie auf einem modischen Ball trug, durch das Brüten über das Bild so sehr von dem Glauben an ihre Berufung besessen wurde, dass sie am Ende tatsächlich den Schleier nahm.

Die Fälle waren nicht vergleichbar, aber Claymore sah in ihnen eine gewisse Ähnlichkeit, da beide zu zeigen schienen, wie eine Möglichkeit auf der Leinwand so stark ausgedrückt werden konnte, dass sie einen wichtigen Einfluss darauf hatte, sich selbst zu einer Realität zu machen.

Er interessierte sich intensiv für das Problem, das sich ihm stellte. Gegenüber Celia hatte er zuvor gegenüber bemerkt, dass Ralph nur erweckt werden musste, um sich zu einem edlen Mann zu entwickeln, und er begann darüber zu spekulieren, ob es in seiner Macht liegen könnte, den nötigen Impuls zu liefern – den Faden zu spinnen, um den herum sich die Kristallisation auf einmal vollziehen würde. Er ging deshalb langsam und mit äußerster Sorgfalt vor, wobei er darauf achtete, Thatcher so oft wie möglich im Atelier zu haben, auch an Tagen, an denen er nicht posierte, sodass er das Bild ständig vor Augen hatte; und zumindest in einem Punkt war er sich sehr sicher – ohne Zweifel fand bei Ralph eine Entwicklung statt.

'Post hoc sed non ergo propter hoc*', sagte er zu sich selbst, im Latein der Debattiervereinigung in seiner Schule, aber insgeheim glaubte er, dass in diesem Fall die Wirkung nicht weniger 'deswegen' als 'danach' war.

[* lat. 'danach, also deswegen'. Ein Fehlschluss, bei dem in Beziehung zueinanderstehende Ereignisse als Ursache oder Begründung aufgefasst wird. Da eine Korrelation nicht automatisch einen Kausalzusammenhang bedeutet, besteht die Gefahr einer Scheinkorrelation]

Am Morgen, nachdem Celia mit ihrem Verlobten über das Bild gesprochen hatte, kam Ralph zu dem Künstler für eine Sitzung. Der junge Mann schien so beschäftigt zu sein, dass Tom ihn ein wenig auf seine Geistesabwesenheit ansprach und sich erkundigte, ob Thatcher vielleicht wünschte, dass sein Porträt einen Hauch von tiefer Zerstreutheit bekommen sollte.

»Ich habe überhaupt nicht an dieses verflixte alte Bild gedacht«, antwortete der junge Mann und lächelte. »Ich habe nur – nun, ich weiß nicht genau, wie ich Ihnen sagen soll, was ich getan habe. Haben Sie jemals das Gefühl gehabt, als ob der reflektierende Teil von Ihnen, was auch immer das sein mag, in sein Büro gegangen ist, um privat zu meditieren, und Ihr Bewusstsein draußen verschlossen hat?«

»Ja«, antwortete Tom, »und ich tröste mich immer damit, ausgeschlossen worden zu sein, indem ich annehme, dass zumindest etwas von echter Wichtigkeit im Spiel sein muss, sonst wäre es die Mühe nicht wert, die Türen so sorgfältig zu schließen.«

»Tun Sie das?«, erwiderte derjenige, der ihm Modell stand. »Ich hatte einen lustigen alten klerikalen Onkel, der die Tür seines Arbeitszimmers zu verschließen pflegte und so tat, als würde er die ehrfurchtgebietendsten Predigten schreiben, während er in Wirklichkeit nur ein wohlgenährtes Nickerchen hielt.«

»Ich fürchte«, fuhr er fort, mit einem Seufzer und einer Veränderung des Benehmens, »dass in meinem Kopf wenig von wirklicher Bedeutung vor sich gegangen ist. Wissen Sie, ich bin ein wenig geneigt, Sie zu hassen.«

Der Künstler schaute überrascht auf.

»Mich hassen?«, wiederholte er. »Warum sollten Sie mich hassen?«

»Weil Sie alles sind, was ich nicht bin; weil Sie in allem erfolgreich sind und ich in meinem Leben nie etwas geschafft habe; weil Sie an diesem Pokertisch des Lebens gewinnen, und ich verliere.«

Ein seltsamer Anflug von Bitterkeit zeigte sich in Ralphs Stimme und das verwirrte Claymore. Es war sonst nicht Thatchers Art, sich selbst zu betrachten oder über verlorene Möglichkeiten zu lamentieren.

Der Künstler strich seinen Pinsel mit einer nachdenklichen Miene über seine Palette. »Selbst, wenn dem so wäre«, sagte er, »sehe ich nicht, warum Sie Ihre Enttäuschung an mir auslassen sollten. Ich kann doch kaum schuld sein, oder doch? Aber natürlich ist das, was Sie sagen, sowieso Unsinn.«

»Unsinn? Es ist kein Unsinn. Ich habe nichts vollbracht. Ich weiß nichts. Ich bin zu nichts zu gebrauchen; und das Schlimmste ist, dass es das Mädchen, das ich mein ganzes Leben lang begehrt habe, genauso gut weiß wie ich. Sie ist kein Dummkopf, und natürlich bin ich ihr völlig egal.«

Das Geständnis war so unverblümt jungenhaft, dass Claymore fast lächeln musste, aber das Gefühl darin war zu offensichtlich echt, um ignoriert zu werden. Eines war zumindest klar: Ralph begann endlich, mit seinem müßigen, zwecklosen Leben unzufrieden zu sein.

Er war zu der Erkenntnis gekommen, sich selbst so zu sehen, wie er in den Augen der Frau, die er liebte, aussehen würde.

Claymore kam der Gedanke, dass es irgendeine Enttäuschung in der Liebe war, welche die Veränderung, die er bei seinem Porträtierten beobachtet hatte, herbeigeführt haben könnte und dass jeder Einfluss, den er dem Porträt zugeschrieben hatte, in Wirklichkeit von Ersterem herrührte.

Der Gedanke erweckte in ihm das alberne Gefühl, sich selbst etwas vorgemacht zu haben. Es war, als ob ein prächtiger Palast der Fantasie, sorgfältig aufgebaut und ausgearbeitet, über seinem Kopf in Trümmer gefallen wäre. Er machte eine Geste, halb komisch, halb abwertend und legte seine Palette nieder.

»Das Licht hat sich verändert«, sagte er. »Ich kann heute nicht mehr malen.«

III

Claymore war äußerst fantasievoll, und er besaß die ganze lebendige Veranlagung des künstlerischen Temperaments – die Kraft, sich einem Traum hinzugeben, sodass er für den Augenblick Wirklichkeit wurde.

Dinge, welche die Vernunft ohne Zögern als luftige Blasen der Fantasie betrachten würde, sind für eine solche Veranlagung fast wie wahrhaftige Tatsachen;

und oft wird das Leben eines fantasievollen Mannes von dem geprägt, was sich bei einer nüchternen Beurteilung als unhaltbare Hypothese erweist.

Der Künstler war sich nicht im Geringsten bewusst gewesen, wie sehr ihn die Idee, Ralph Thatcher zu erwecken, eingenommen hatte, bis sich der Zweifel einstellte, ob das Porträt tatsächlich irgendeinen Einfluss besessen hatte. Er war nicht ohne Sinn für Humor und lächelte innerlich über den Ernst, mit dem er die Sache betrachtete.

Er argumentierte mit sich selbst, halb bockig, halb humorvoll; manchmal vertrat er die Ansicht, dass seine Theorie nur eine fantastische Absurdität gewesen sei, und dann wieder hielt er hartnäckig an der Überzeugung fest, dass sie zumindest zu einem Bruchteil auf einer lebendigen Wahrheit beruhte.

Vage erinnerte er sich der vielen Fetzen des modernen Glaubens an die Macht der Suggestion; dann kam er wieder zurück zu der Überlegung, dass, wenn Ralph verliebt war, keine Suggestion nötig war, um eine mentale Revolution zu bewirken.

Seinen eigenen Inspirationen jedoch überhaupt nicht zu glauben, liegt jedoch kaum in der Macht der wahrhaft fantasievollen Natur. Wie auch immer sein Verstand argumentieren mag, Tom wäre letztlich seinem Temperament untreu geworden, wenn er nicht überzeugt geblieben wäre, dass er recht damit hatte, zu glauben, dass das Bild, das er malte, zumindest bis zu einem gewissen Grad den darin Dargestellten beeinflusst hatte.

Ohne einen bewusst definierten Plan holte er eine neue Leinwand hervor und beschäftigte sich, als er allein im Atelier war, mit dem Kopieren von Ralphs Kopf – aber mit einem Unterschied: So wie er sich in dem anderen Bild bemüht hatte, alle edlen Möglichkeiten des Gesichts des jungen Mannes auszudrücken, so bemühte er sich in diesem Bild, jede Möglichkeiten des Bösen darzustellen, die dort zu finden sein könnten.

Jeder sich selbst beobachtende Mensch hat schon einmal das Gefühl gehabt, dass eine Handlung wie von einer inneren Weisung geleitet wird, ohne dass er sich des Grundes klar bewusst ist; und so wie er vielleicht eine Ahnung von den Absichten oder Motiven eines anderen Menschen hatte, kam Tom der Gedanke, dass er dieses zweite Porträt malte, um durch den Unterschied zum ersten zu erkennen, auf welchen Grundlagen seine fantasievolle Theorie beruhte. Er wollte, so sagte er sich, wenigstens sehen, inwieweit er eine Persönlichkeit zum Ausdruck gebracht hatte, die sich von einer anderen, ebenso möglichen unterschied.

Wie ein schwacher Schatten auf dem inneren Bewusstsein des Künstlers ruhte jedoch das Gefühl, dass diese Erklärung nicht ganz befriedigend war.

Er wäre schockiert gewesen, wenn er auch nur von der Möglichkeit geträumt hätte, dass die künstlerische Eitelkeit, angeregt durch den Zweifel, dass sie die Macht besaß, das Leben und das Schicksal von Ralph durch ein Porträt zu formen, sich trotzig umgedreht hatte, um ihren Einfluss in die andere Waagschale zu werfen, um dann durch ihre Macht, den Dargestellten herunterzuziehen zu beweisen, dass ihre Dominanz echt war.

Wäre Claymore die Erkenntnis eines solchen Motivs gekommen, so wäre er über einen so bösen Gedanken entsetzt gewesen; doch er versäumte es, die Selbstuntersuchung weit genug voranzutreiben, um ihn zu einer Einsicht in seine wirklichen Motive zu bringen.

Der Maler arbeitete unermüdlich und mit fast fiebriger Schnelligkeit, und noch vor Ende der Woche konnte er das zweite Porträt durch das erste ersetzen, bevor Ralph, der für ein paar Tage verreist war, zur nächsten Sitzung kam.

Tom war nicht ohne eine gehörige Portion sich unbehaglich anfühlender, heimlicher Neugier darauf, was die Wirkung des veränderten Bildes auf Thatcher betraf.

Er erkannte, wie groß die Veränderung wirklich war, mit einen so deutlichen Unterschied, dass ihm zunächst der Mut gefehlt hatte, seine erste Absicht in die Tat umzusetzen, um Celia die neue Leinwand betrachten zu lassen. Er entschuldigte sich später für sein Zögern, ihr das Porträt zu zeigen, mit dem skurrilen Vorwand, es gehöre sich nicht für einen Gentleman, die unrühmlichen Charakterzüge zu verraten, die er unter den Möglichkeiten in der Natur ihres Cousins entdeckt zu haben glaubte.

Was Ralph selbst sagen würde, erwartete der Maler mit unruhigem Eifer, und als dieser nach den üblichen Begrüßungen zur Staffelei schritt und sein neues Porträt betrachtete, wurde Tom nervöser, als er es für möglich gehalten hätte.

Ralph studierte das Bild einen Moment schweigend. »Was zum Teufel«, platzte er heraus, »haben Sie mit meinem Bild gemacht?«

»Was soll mit ihm sein?«, fragte der Künstler, der neben ihn trat und seinerseits seinen Blick auf das Porträt richtete.

»Ich weiß es nicht«, erwiderte Ralph mit verwirrter Miene, »aber irgendwie scheint sich die erst recht anständig aussehenden Visage in eine verflucht minderwertige verwandelt zu haben. Sehe ich denn so aus?«

»Ich nehme an, ein Spiegel würde auf diese Frage eine unparteiischere Antwort geben, als ich es könnte.«

Claymore blickte auf, als er sprach, und konnte einen Ausruf der Überraschung kaum unterdrücken. Ralphs ganzer Gesichtsausdruck veränderte sich in Übereinstimmung mit dem Porträt vor ihm.

Wer hat nicht schon einmal beim Betrachten eines Porträtbildes, das ihn stark beeindruckt hat, festgestellt, dass das eigene Antlitz unbewusst seinen Ausdruck verändert, um mit dem zu korrespondieren, was in der Darstellung gezeigt wird, und die Wahrscheinlichkeit, dass so etwas passiert, muss doppelt so groß sein, wenn es das eigene Abbild ist.

Ein Porträt wirkt so intim auf die Persönlichkeit der dargestellten Person, und menschliche Eitelkeit und Individualität bestehen so sehr darauf, es als Teil des Selbst zu betrachten, dass es in einer viel engeren Beziehung zum inneren Wesen steht, als es fast jede andere äußere Sache kann.

In gewissem Sinne ist es Teil des Originals, und vielleicht beruhen das orientalische Vorurteil und die Abneigung, sich malen zu lassen, darauf, dass der Künstler sich dadurch einen unheilvollen Vorteil verschaffen könnte und das Ganze Teil einer subtilen Wahrheit ist.

Es ist kaum möglich, dass bei dem ausgeprägten Gefühl, das jeder Mensch in Bezug auf sein Porträt haben muss, nicht mehr oder weniger durch des Malers Vorstellung von ihm beeinflusst wird. Es ist die sichtbare Verkörperung des Eindrucks, den er auf einen anderen menschlichen Geist gemacht hat, und da jedes Bild etwas von der Persönlichkeit des Künstlers enthalten muss, folgt daraus, dass ein Porträtmaler mit Sicherheit und in gewissem Maße den Charakter seiner Dargestellten beeinflusst.

Selten wird es dabei vorkommen, dass dieser Einfluss entweder beabsichtigt oder greifbar ist, aber muss er nicht dennoch immer existieren?

Claymore stand eine Weile da und beobachtete Ralphs Gesicht; dann ging er weg und kam mit einem kleinen Spiegel zurück, den er ihm in die Hand drückte. Thatcher betrachtete das Spiegelbild, das er ihm bot, und brach in ein hartes Lachen aus.

»Bei Gott!«, sagte er, »es sieht mir wirklich ähnlich. Ich habe noch nie bemerkt, dass ich so ein böser Bursche bin.«

»Papperlapapp!«, erwiderte Claymore lebhaft und nahm ihm den Spiegel wieder ab. »Reden Sie keinen Blödsinn. Nehmen Sie Ihren Platz ein und lassen Sie uns an die Arbeit gehen.«

IV

Am Nachmittag desselben Tages kam Celia mit trübem Gesicht ins Atelier. Wie geistesabwesend empfing sie die Begrüßung ihres Geliebten, und fast noch bevor das musikalische Klimpern der Zither an der Tür nach ihrem Eintreten verklungen war, fragte sie unvermittelt:

»Was in aller Welt hast du mit Ralph gemacht?«

»Ich? Nichts, außer ihn zu malen. Warum?«

»Weil er heute zuerst in einer absolut himmlischen Gemütsverfassung zurückkam. Er war in Boston, um sich um einige Reparaturen an seinen Mietshäusern in North End zu kümmern, zu denen ich ihn schon seit meinem ersten Aufenthalt dort im letzten Winter angehalten habe; und er kam heute

Morgen zurück, um mir zu sagen, dass er der Meinung ist, dass ich recht habe, und dass er die Sache in die Hand nehmen und tun wird, was ich wollte.«

»Und?«, fragte Tom, als sie mit einer Geste der Ungeduld abbrach.

»Und dann, nachdem er hier bei der Sitzung war, kam er so böse und seltsam zurück und sagte, er habe es sich anders überlegt und wüsste nicht, warum er sich den Kopf über die wertlosen Elendsgestalten in den Slums zerbrechen sollte. Ich weiß nicht, was über ihn gekommen ist.«

»Aber warum willst du mich für die Launen deines Cousins verantwortlich machen?«

»Oh, natürlich bist du das nicht«, antwortete Celia mit einer Spur von Gereiztheit im Ton; »aber ich bin so schrecklich enttäuscht. Ralph hat die ganze Sache bisher immer aufgeschoben, und jetzt dachte ich, er wäre endlich aufgewacht.«

»Wahrscheinlich«, schlug Claymore vor, »ist es eine neue Phase seiner unglücklichen Liebesaffäre.«

Auf diese Bemerkung hin errötete Miss Sathman bis zu ihren Schläfen.

»Ich weiß nicht, warum du das sagst«, antwortete sie steif. »Er spricht mich nie darauf an. Er ist zu sehr ein Gentleman.«

»Was!«, Tom brach in echtem Erstaunen aus. »Gütiger Himmel! Das betrifft doch nicht dich?«

Celia schaute ihn sichtlich verwirrt an.

»Wusstest du das nicht?«, fragte sie. »Ralph ist in mich verliebt, seit wir Kinder waren. Ich habe nicht davon gesprochen, weil es ihm gegenüber nicht fair schien; aber ich eben nahm ich natürlich an, dass du das meintest, als du davon sprachst. Ich dachte sogar, du wärst vielleicht ein bisschen eifersüchtig.«

Claymore wandte sich ab und ging unter dem Vorwand, eine Leinwand herzurichten, ins Studio.

Er fühlte sich, als sei er einem Rivalen in den Rücken gefallen. Ob er mit seinem Pinsel wirklich Einfluss auf Thatcher genommen hatte oder die Veränderungen bei seinem Dargestellten nur Zufälle waren, er hatte zumindest versucht, auf den jungen Mann einzuwirken, und da er Ralph nun als den Liebhaber von Celia kannte, nahmen seine Handlungen auf einmal einen anderen Charakter an, und das zweite Porträt erschien ihm wie ein verdeckter Angriff.

»Ralph ist so erstaunlich offen«, fuhr Celia fort, ging auf die Staffelei zu und legte ihre Hand auf das Tuch, das vor dem Porträt ihres Cousins hing, »dass ich mich wundere, dass er es dir nicht gesagt hat. Er ist sehr von dir eingenommen, obwohl er, wie er naiv sagt, es nicht sein sollte.«

Während sie sprach, hob sie das Tuch hoch, welches das spätere Porträt von Ralph verbarg. Sie stieß einen Ausruf aus der Claymore, der ihr den Rücken zugewandt hatte, eilig zu ihr springen ließ – zu spät, um zu verhindern, dass sie das Bild sah.

»Tom«, rief sie, »was hast du mit Ralph gemacht?«

Der Tonfall durchbohrte Claymore bis ins Mark. Die Worte waren fast die gleichen, die Celia zuvor benutzt hatte, aber nun gaben ihnen Vorwürfe, Trauer und eine Tiefe des Gefühls, das, wie es Tom schien, von etwas herrühren musste, das leidenschaftlicher war als beide, eine neue Intensität der Bedeutung.

Die Tränen stiegen Miss Sathman in die Augen, als sie von der Leinwand zu ihrem Geliebten blickte.

»Oh, Tom«, sagte sie, »wie konntest du ihn so verändern? Ralph sieht doch gar nicht so aus.«

»Nein«, antwortete Claymore, wobei die Verlegenheit seiner Stimme eine gewisse Strenge verlieh. »Dies ist das Gegenteil des anderen Bildes. Dies ist die böse Möglichkeit seines Gesichts.«

Er erlangte seine Gelassenheit wieder. Trotz seiner kalten Haltung gab es in der Natur des Malers eine Ader intensiver Eifersucht, die in dem Ton, in dem seine Verlobte von ihrem Cousin sprach, prickelte.

Mehr als einmal hatte er sich gesagt, dass, obwohl Celia ihren Gefühlen vielleicht deutlicher Ausdruck gab, seine Liebe zu ihr dennoch viel intensiver war als umgekehrt ihre zu ihm. Jetzt kam ihm die schnelle und unvernünftige Überzeugung, dass, obwohl sie sich dessen nicht bewusst sein mochte, ihre tiefste Zuneigung tatsächlich Ralph Thatcher galt.

»Warum hast du es gemalt, Tom?« Celia setzte nach. »Es ist verrucht. Es hat nicht die geringste Ähnlichkeit mit Ralph. Ich nehme an, du könntest jedes beliebige Gesicht nehmen und es so verzerren, dass es böse aussieht. Wo ist das andere Bild?«

Ohne ein Wort brachte Tom das erste Porträt und stellte es neben das zweite. Celia betrachtete die beiden Leinwände einen Moment lang schweigend. Ihre Farbe vertiefte sich, und ihre Kehle schwoll an. Dann wandte sie sich an Claymore mit Augen, die trotz der Tränen, die in sie hineinkamen, blitzten. »Du bist böse und grausam!«, sagte sie bitter. »Ich hasse dich dafür, dass du es getan hast.«

Tom wurde blass und lachte dann verlegen. »Du nimmst es dir sehr zu Herzen«, bemerkte er.

Die Tränen kullerten noch stärker in ihren Augen. Sie versuchte vergeblich, sie zu unterdrücken, und dann drehte sie sich mit einem Schluchzen um und ging schnell aus dem Atelier. Als sich die Tür hinter ihr schloss, klirrte die Zither mit einer fröhlichen Frivolität, die Tom Claymores Nerven stark erschütterte.

V

Es vergingen fast vierzehn Tage, bevor Tom Celia wiedersah. Ein oder zwei Tage lang hielt er sich von ihr fern und wartete auf ein Zeichen, dass sich ihre Stimmung gebessert hatte und dass sie ihre Worte bedauerte. Dann konnte er die Spannung nicht länger ertragen und rief im Haus an, um zu erfahren, dass sie für einen kurzen Besuch in die Berge gefahren war. Er erinnerte sich daran, dass man ihm von dieser Reise erzählt hatte, und er überlegte, dass Celia vielleicht erwartet hatte, dass er kommen und sich von ihr verabschieden würde.

Seine geistige Haltung ihr gegenüber war gleich geblieben, so, als ob es einen tatsächlichen Streit gegeben hätte, und nun sagte er sich, dass es trotz allem nichts in ihrem letzten Gespräch gegeben hatte, was dieses Gefühl rechtfertigen würde. Abwechselnd machte er sich Vorwürfe und tadelte dann sie, und der Zustand der Dinge wurde für ihn immer unerträglicher.

Seine Laune wurde nicht besser als Ralph bei einer der Sitzungen, die stetig fortgesetzt wurden, erwähnte, in einem Tonfall, welcher der eifersüchtigen Fantasie des Künstlers eher prahlerisch erschien, dass er einen Brief von seiner Cousine erhalten habe.

Tom runzelte wütend die Stirn und malte kommentarlos weiter.

Claymore arbeitete unablässig an dem zweiten Porträt, das sich rasch der Vollendung näherte. Er sagte sich, dass, wenn seine Theorie richtig war und die Reflexion seiner schlimmsten Züge vor dem Auge eines Menschen das Original zum Bösen beeinflussen konnte, er sich an Ralph dafür rächen würde, dass er ihm Celia geraubt hatte, da dieses Porträt von Thatcher einen Platz im Haus des jungen Mannes haben sollte.

Er überlegte andererseits auch, dass er Celia auf keine andere Weise so sicher von der Zuneigung zu ihrem Cousin abbringen konnte, als indem er Ralphs schlechteste Seite zum Vorschein brachte. Zwar verachtete er sich selbst für das, was er tat, aber wie sich Menschen widerstrebend einer Versuchung auch gegen alle ihre besten Instinkte wehren, fuhr dennoch mit seiner Arbeit fort.

Er beobachtete natürlich genau, welche Wirkung das Porträt bereits auf den Dargestellten gehabt hatte. Ob durch den Einfluss des Porträts oder aus anderen Gründen, Ralph war nach Celias Abreise mürrisch und ungnädig geworden, und Tom irrte sich sicher nicht, wenn er meinte, dass er sich in der denkbar schlechtesten Verfassung befand.

Selbst die Tatsache, dass seine Cousine ihm geschrieben hatte, änderte wenig an seiner Stimmung, eine Tatsache, die Tom, wütend und verletzt darüber, selbst ohne Briefe geblieben zu sein, mit innerem Zorn zur Kenntnis nahm.

Die beiden Männer kamen täglich näher an den Punkt, an dem es wahrscheinlich war, dass sie in einen offenen Konflikt geraten würden. Ralph begann, Ausreden zu erfinden, um sich vor den Sitzungen zu drücken, was den Künstler besonders irritierte, da er darauf bedacht war, das Werk zu vollenden.

Die ganze Art ihrer Beziehungen zueinander hatte sich verändert, und alle Offenheit und Freundlichkeit schien verschwunden zu sein. Manchmal fühlte sich Claymore dafür verantwortlich, und manchmal lachte er über die Vorstellung, er habe in irgendeiner Weise dazu beigetragen, Ralph zu verändern.

Er war unruhig und unglücklich, und als ein paar Wochen ohne ein Wort von Celia verstrichen waren, beschloss er, ihr in die Berge zu folgen und wenigstens der unerträglich gewordenen Spannung ein Ende zu setzen.

Er schickte Thatcher eine Nachricht, dass er für ein paar Tage die Stadt verlassen würde, packte seine Reisetasche und ging hinunter in sein Studio, um die Angelegenheiten für seine Abwesenheit zu richten. Dort kümmerte er sich um zwei oder drei Dinge, die seiner Aufmerksamkeit bedurften, schaute auf seine Uhr und stellte fest, dass er noch etwas mehr als eine Stunde bis zur Abfahrt des Zugs hatte. Er bewegte sich zur Tür des Ateliers, kehrte dann um und stellte sich vor die Staffelei, um das fast fertige Porträt von Ralph Thatcher noch einmal zu betrachten.

Es war ein charaktervolles Gesicht, das ihm entgegenblickte, aber in den vollen Lippen lag ein Ausdruck von Sinnlichkeit, der fast schmerzhaft war, und die Augen waren egoistisch und grausam.

Das erste Gefühl des Künstlers war ein Gefühl befriedigter Eitelkeit über die Geschicklichkeit, mit der er sein Werk vollbracht hatte. Er hatte die Ähnlichkeit bewahrt und das scheinbare Alter seines Porträtierten kaum erhöht, während er die schlimmsten Möglichkeiten, von denen er im Antlitz des Originals eine Spur finden konnte, in abstoßender Fülle weitergeführt hatte.

Während er hinsah, wuchs in Claymores Geist ein grausames Gefühl des Triumphs. Er fühlte, dass dieses Porträt das sichere Instrument seiner Rache gegen den Mann war, der ihm die Liebe seiner Verlobten geraubt hatte. Er dachte an sein bevorstehendes Gespräch mit Celia, und er war wieder so sehr von der Überzeugung besessen, sie verloren zu haben, dass er dem Treffen wie einem Abschied entgegensah.

Bei dem Gedanken durchdrang ihn ein plötzlicher Impuls der Erregung. Er sah Celias schönes, edles Gesicht vor sich, und ein Gefühl der Scham stieg in ihm auf, als stünde er bereits vor ihr und könne ihren Augen nicht begegnen.

Der Stachel der tiefsten Demütigung, die ein edelmütiger Mann erfahren kann, nämlich verdammt und erniedrigt vor sich selbst dazustehen, durchbohrte seine Seele.

»Ich habe mir selbst geschadet und nicht Ralph«, dachte er. »Es ist mir nicht den Sinn gekommen, dass ich mich in den Dreck geworfen habe, selbst wenn er von mir mitgerissen wurde.«

»Gütiger Himmel! Bin ich denn so ein Mensch? Bin ich so ein hinterhältiger Kriecher, dass ich im Dunkeln lauere und das Vertrauen ausnutze, das er mir gegenüber zeigt, indem er sich in meine Hände begibt! Celia hat recht; sie könnte nicht sie selbst sein und ihn nicht dem Schurken vorziehen, als der ich mich erwiesen habe.«

Wie fantasievoll seine Theorie über die Wirkung des Porträts auf Thatcher auch sein mochte oder auch nicht, Tom war zu ehrlich, um vor sich selbst zu verbergen, dass es sein Wille und seine Absicht gewesen war, dem anderen Schaden zuzufügen, und zwar auf eine hinterhältige Art und Weise. Anstatt seinen Rivalen offen und mannhaft anzugreifen, hatte er sich heimtückisch bemüht, ihm eine Verletzung zuzufügen, gegen die sich Ralph nicht wehren konnte.

»Das Einzige, was ich wirklich erreicht habe«, stöhnte der arme Tom vor sich hin, »ist zu beweisen, was für ein verachtenswerter Köter ich bin.«

Er nahm sein Messer aus der Tasche, öffnete es und näherte sich der Leinwand. Dann jedoch ließ ihn jene starke persönliche Verbindung zwischen dem Künstler und seinem Werk innehalten, die dessen Verteidigung fast identisch mit dem Instinkt der Selbsterhaltung macht.

Einen Augenblick lang schwankte er und wollte die Leinwand bewahren, obwohl er sie versteckt hatte, dann schnitt er sie mit verzweifelter Entschlossenheit und einer Heftigkeit, die einer heiligen Wut nicht unähnlich war, in Streifen. So groß war die Erregung seiner Stimmung und seiner Tat, dass er keuchte, als er die Leinwandfetzen von der Staffelei riss. Dann lächelte er über die Extravaganz seiner Gefühle, stellte den leeren Keilrahmen an die Wand und brachte das ursprüngliche Porträt noch einmal ans Licht.

»Dann«, sagte er zu sich selbst, als er das Bild auf die Staffelei stellte, »kann ich wenigstens mit einem anständig reinen Gewissen zu ihr gehen, selbst wenn ich ein Narr bin.«

VI

Es war schon weit nach Sonnenuntergang, als Claymore das Bergdorf erreichte, in dem Celia mit einer Gruppe von Freunden wohnte.

Während der ganzen Stunden der Fahrt hatte er seine Beziehungen zu ihr überdacht. Mit seinem fantasievollen Temperament war in der Verfassung den Ernst der Lage zu übertreiben, und er war fest davon überzeugt, dass er sich durch die Zerstörung des Porträts praktisch von seiner Verlobten losgesagt hatte.

Er erinnerte sich eifersüchtig an die vielen Anzeichen, die Celias Interesse an ihrem Cousin gezeigt hatten, und er vertrat die Theorie, dass nur

Ralphs Knabenhaftigkeit und offensichtliche Charakterlosigkeit ihren Cousin daran gehindert hatten, ihre Liebe zu gewinnen.

Als er den Sommer Revue passieren ließ und sich daran erinnerte, wie Thatcher in Sachen Männlichkeit vorangeschritten war, wie sich sein Charakter entwickelt hatte, und an Celias ständige Wertschätzung seiner Fortschritte, konnte Claymore nicht anders, als mit einem inneren Seufzer zu dem Schluss zu kommen, dass, obwohl sie ihm versprochen war, ihre Zuneigung in Wirklichkeit seinem Rivalen galt. Ob Celia sich über den wahren Zustand ihrer Gefühle im Klaren war, konnte Tom nicht feststellen. Ihr Schweigen in den letzten vierzehn Tagen hatte ihn verwirrt und gequält; und er war sich sicher, dass auch sie in dieser Zeit nicht versäumt haben konnte, intensiv über die Situation nachzudenken.

Er glaubte, so skurril eine solche Theorie auch erscheinen mochte, dass seine einzige Chance, sie zu halten, darin bestand, ihr die dunkle Seite von Ralphs Charakter vor Augen zu führen. Gleichzeitig war er überzeugt, dass er dafür verantwortlich war, ihr die besten Züge ihres Cousins zu zeigen. Die Wirkung der Porträts war für ihn zu einem sehr realen und sehr wichtigen Faktor in diesem Fall geworden, und obwohl er im Grunde seines Herzens zu gut war, um zu bedauern, dass er das zweite Bild zerstört hatte, war er nicht ohne ein Gefühl des Selbstmitleids, dass das Schicksal ihm die Zerstörung seiner eigenen Hoffnungen aufgezwungen hatte.

Die logische Schlussfolgerung, dass er, wenn seine Vorstellungen wahr waren, selbst zu der Waffe gegriffen hatte, mit der er am Ende verwundet wurde, kam ihm nicht in den Sinn und hätte ihm wohl auch nur wenig Trost gebracht, wenn es so gewesen wäre.

Ein Diener zeigte ihm die Richtung zu einem Waldweg, der zu einem kleinen Wasserfall führte, wo er Miss Sathman finden sollte. Als er nahe genug herangekommen war, um den Klang des rauschenden Wassers zu vernehmen, hörte er Stimmen, und als er weiterging, wurde er plötzlich zu einem abrupten Halt gebracht, die Stimme von Ralph Thatcher erkannte.

Was der junge Mann sagte, verstand Tom nicht, aber die Antwort von Celia kam mit schneidender Deutlichkeit an seine Ohren.

»Und scheint es dir ehrenhaft zu sein, Ralph«, sagte sie, »mir hierher zu folgen und so mit mir zu reden, wo du doch weißt, dass ich mit einem anderen Mann verlobt bin und er dein Freund ist?«

»Kein Mann ist mein Freund, der dich mir wegnimmt!«, erwiderte Thatcher scharf. »Und außerdem weiß ich zufällig, dass du dich mit ihm gestritten hast. Du hast ihm nicht mehr geschrieben, seit du hier bist.«

»Ich habe mich nicht mit ihm gestritten«, antwortete Celia. »Oh, Ralph, ich habe dich immer für so ehrenhaft gehalten.«

»Ehrenhaft! Ehrenhaft!«, wiederholte der andere verärgert. »Soll ich dich wegen einer seltsamen Einbildung gehen lassen, dass es nicht ehrenhaft ist, mit dir zu sprechen? Ich habe dich geliebt, seit wir Kinder waren, und du – «

»Und ich«, unterbrach Miss Sathman, »habe nie jemanden auf diese Weise geliebt, außer Tom.«

Der Wald um ihn herum verschwamm vor Claymores Augen. Instinktiv und kaum bewusst, was er tat, ging er von Weg aus zur Seite und verschwand im Dickicht.

Was noch gesagt wurde, wusste er nicht. Er bemerkte nur, dass Ralph einen oder zwei Augenblicke später allein an der Stelle vorbeiging, wo er sich versteckt hatte.

Dann erhob er sich und ging langsam auf den Wasserfall und Celia zu.

Sie saß mit dem Rücken zu ihm, aber als sie sich bei dem Geräusch seiner Schritte umdrehte, verwandelte sich der Ausdruck des Schmerzes in ihren Augen plötzlich in große Freude.

VII

Es dauerte fast ein Jahr, bis Tom Celia die ganze Geschichte mit den beiden Porträts erzählte. Die Versuchung und die Auswirkungen damit zu spielen, waren so real in seinem Geist, dass er sich nicht dazu durchringen konnte, es zu gestehen, bis er sich so sehr um Wiedergutmachung bemüht hatte, wie es in seiner Macht lag.

Er beendete das ursprüngliche Bild ohne weitere Sitzungen, denn Ralph hielt sich, sehr zur Erleichterung des Künstlers, vom Atelier fern.

Dann verließ er Salem, wobei er sich sagte, dass seine weitere Anwesenheit dort Ralph von zu Hause vertreiben könnte. Tom wünschte sich, dass er dortbleiben würde, damit der Einfluss des Porträts, wenn er wirklich existierte, ihm helfen würde.

»Ich weiß nicht«, sagte Celia nachdenklich, »ob die Veränderungen in Ralph von den Bildern oder von seiner Enttäuschung herrührten; aber in jedem Fall kann ich sehen, wie real das Ganze für dich war, und ich bin froh, dass du die Prüfung bestanden hast; obwohl«, fügte sie hinzu und lächelte ihren Mann liebevoll an, »ich von Anfang an hätte wissen müssen, dass du nicht versagen würdest.«

»Aber du musst doch zugeben«, erwiderte Tom, der den letzten Teil ihrer Bemerkung mit einer Liebkosung beantwortete, »dass Ralph sich im letzten Jahr prächtig entwickelt hat – seit er dieses Porträt zum Betrachten hat.«

»Ja«, entgegnete sie nachdenklich, »und er wächst schnell zu dem Mann auf dem Bild heran.«

DIE STICKERINNEN IN DER SONNE

Die Jungfern und Strickerinnen in der Sonne. Zwölfte Nacht, ii, 4.

Das milde Licht der Oktobersonne fiel voll auf die Veranda des stattlichen alten Grayman-Hauses, und die langen Schatten der lombardischen Pappeln kamen zu den beiden Frauen mit silbergrauem Haar, die dort friedlich saßen und strickten.

Das Herrenhaus stammt noch aus der Kolonialzeit. Dass es damals errichtet wurde, noch bevor sich die allgemeine Meinung über den besten Standort des Dorfes endgültig festgelegt hatte, könnte man aus seiner einsamen Lage an den Ufern des Flusses schließen, der eine Meile weiter oben durch die kleine Stadt floss.

Diese Trauerpappeln, deren Wipfel durch die Winter abgetötet und von der Zeit gezeichnet worden waren, hatten vor einem halben Jahrhundert ihre Blütezeit erlebt, doch im Vergleich zu dem Haus, vor dem sie Wache hielten, wirkten sie noch jung.

Von den kleinen Fenstern dieser Behausung aus hatten die Graymans, deren Grabsteine längst versunken und von geduldigem Moos überzogen waren, die britischen Schiffe gesehen, die mit kriegerischen Absichten den Fluss hinauffuhren.

Auf der Veranda, wo die Frauen friedlich saßen und strickten, hatte einst Hauptmann Maynard Grayman gestanden, um seine kleine

Kompanie von Freiwilligen zu inspizieren, bevor er sie gegen die Rotröcke anführte. Er hatte zu ihnen in feurigen Worten von den Patrioten gesprochen, deren Blut nur eine Woche zuvor in Lexington vergossen worden war.

Der Ort strahlte immer noch das Flair der vorrevolutionären Würde und Selbstachtung aus. So wie die Pappeln beständig ihre düsteren Schatten auf die Graymans – Vater und Sohn und die kommenden Söhne – geworfen hatten, als sie Generation um Generation in dem alten Herrenhaus lebten und starben, so waren die Southers nicht weniger beständig die treuen Diener der Familie geblieben.

Sie hatten gesehen, wie die Größe ihrer Herren in trauriger Weise von ihrer ursprünglichen Pracht schwand. Nur der Familienstolz blieb von all der ursprünglichen Herrlichkeit unversehrt zurück.

Sie hatten treu gegen das Schicksal gekämpft, das den Reichtum und die Macht des Hauses zerstörte, und sie hatten gesehen, wie Geld verschwendet wurde, wie der Ruf verblasste, bis jetzt sogar der Name am Rande des Aussterbens stand.

Die männliche Familie war auf einen bettlägerigen alten Mann reduziert, der in vergeblichen Träumen von entschwundener Bedeutung lebte, zusammen mit der schönen und einsamen Tochter, die ihr Leben an seiner Seite verschwendete.

Während die Graymans abnahmen, waren die Southers, vielleicht gerade durch die Energie, mit der sie sich bemühten, das schwindende Vermögen ihrer Herren zu unterstützen, ständig gewachsen.

Der Wandel, der die republikanische Gesellschaft vor der Stagnation bewahrt, indem er die Hohen erniedrigt und die Niedrigen erhöht, hätte nicht besser veranschaulicht werden können als in diesen beiden Familien.

Obwohl sie es nicht nötig hatte, war die alte Sarah immer noch die Dienerin des Hauses; eine Dienerin im wahrsten Sinne, mit kargem Lohn, und eine, die heimlich bei den zurückgehenden Einnahmen ihres Herrn aushalf.

Dollar für Dollar hätte sie heute das gesamte verbliebene Vermögen ihrer Arbeitgeber aufwiegen können; und sie hätte leben können, wo und wie es ihr gefiel, mit eigenen Bediensteten, wenn sie die Absicht dazu gehabt hätte.

In den Adern der alten Sarah floss jedoch das treue Blut der Southers, das von Generationen traditionsbewusster Bediensteter der Familie Grayman weitergegeben wurde, und weder die Überredungskünste ihrer Kinder, die den belebenden Einfluss der neuen Gesellschaftsordnung spürten, noch die Höhe ihres behaglichen Kontostandes bei der Dorfsparkasse konnten das standhafte Geschöpf von ihrer Treue abbringen.

Als sie vor langer Zeit ihren Cousin geheiratet hatte, einen zurückhaltenden, sanftmütigen Mann, der nun schon ein Vierteljahrhundert tot war, hatte sie es zur Bedingung gemacht, dass sie ihren Dienst nicht aufgeben musste; und ihre Stellung in der Grayman-Villa war, wie auch ihr Familienname, durch die diese Heirat unverändert geblieben.

Sie war durchaus eine anmutige Erscheinung, als sie in der Oktobersonne saß und unentwegt strickte. Ihr Haar war üppig, wenn auch silbrig, und ihre Figur immer noch wach und aufrecht.

Von ihrem dunklen bedruckten Kleid bis zu den schneeweißen Spitzen ihrer Mütze war sie blitzsauber, und eine Mischung aus Energie und Gelassenheit verlieh ihrer Haltung eine gewisse Pikanterie.

Ihre aktiven Finger bewegten die hellen Nadeln mit der Geschicklichkeit langer Vertrautheit. Von Zeit zu Zeit schweifte ihr schneller Blick unbewusst über eine Reihe von funkelnden Zinnpfannen, die entlang der Verandawand aufgereiht waren, und von dort über die Bienenstöcke in ihrem nicht weit entfernten Schuppen, die jetzt ihres Honigs beraubt waren, dann über den glatt dahinfließend Fluss dahinter und über ihre Schwester, die neben ihr strickte.

Sie hatte die Ausstrahlung einer Person, die es gewohnt war, Verantwortung zu tragen und alles, was um sie herum geschah, genau zu beobachten.

Ab und zu warf sie einen kurzen Blick auf den gelben Kater, der mit gefalteten Pfoten zu ihren Füßen schlief, und man spürte instinktiv, dass ihr scharfes Auge, wenn er sich irgendwelcher Vergehen in Bezug auf die Milchprodukte schuldig gemacht hätte, dies in seinen verräterischen Schnurrhaaren entdecken würde.

Mit einer Mischung aus Misstrauen und scharfer Beurteilung betrachtete sie die rötliche Linie von Tomaten, die auf der Außenseite der Fensterbank ihren letzten Hauch von roter Reife erlangten, und ihr Gesichtsausdruck drückte eine vage Missbilligung jeglicher Früchte aus, deren Anbau so offensichtlich eine Neuerung zu den guten alten Bräuchen war.

In jeder Bewegung zeigte sie eine unterdrückte Energie, die sich deutlich von der Art der stillen Strickerin neben ihr abhob, in jener seltsamen Weise, die man so oft bei Kindern derselben Eltern findet.

Die zweite Frau war kaum mehr als ein eitler Rest, von dem längst alles abgefallen war, was er jemals an Substanz besessen hatte. Hannah West war eine jener unergründlichen Menschen, für die immer jemand anderes die bedeutendere Person ist.

In ihrer Jugend war sie der Schatten ihrer Schwester gewesen, und als ihr Mann aus dem Leben schied, war sie lediglich zu ihrer ersten Zugehörigkeit zurückgekehrt, indem sie noch einmal der Schatten von Sarah Souther wurde. Sie war ein winziges, verblichenes Geschöpf, das aus ihrem Haus im Dorf kam, um ihre Schwester bei jeder möglichen Gelegenheit zu besuchen, so wie ein frommer Anhänger zu einem Schrein pilgert.

Sie glaubte so stark und so absolut an Sarah, dass dieser Glaube die ganze Energie ihrer Natur absorbierte und sie nicht einmal die Kraft hatte, sich für irgendetwas anderes besonders zu interessieren.

Was Sarah Souther tat, was sie dachte, was sie sagte, wie es um das Schicksal und die Meinung ihrer Kinder bestellt war, mit allen Variationen, die man zu diesen Themen anführen konnte, wurde zum Inhalt von Mrs Wests Konversationen wie auch flüchtige und vage mentale Prozesse, die ihr anstelle von Gedanken dienten.

Die Nachmittage, die sie in ziellosen, ruhigen Plaudereien mit ihrer Schwester verbrachte, waren die einzigen Licht- und Farbpunkte in ihrem eintönigen Dasein, an die man sich mit Freude erinnerte und voller Wonne entgegensah.

»Ich wüsste gerne«, bemerkte Hannah nach einer ungewöhnlich langen Pause des Schweigens an diesem Nachmittag, »warum ich in letzter Zeit so viel an George und Miss Edith denke, wie ich es getan habe. Es scheint, als ob mich die Dinge immer mehr in Beschlag nehmen, je älter ich werde.«

Ein neuer Ausdruck von Intelligenz und Wachsamkeit trat in Sarahs Gesicht. Sie strickte die letzten Maschen auf ihrer Nadel und blickte hinunter auf den Fluss, wo ein kleines Segelboot versuchte, sich zum Dorf hinaufzuschlagen, unter einer Brise, die so leicht war, dass sie wie der bloße Geist eines Windes wirkte.

Die Geschichte von der unglücklichen Liebe zwischen ihrem Sohn und Edith Grayman wurde sicher im Laufe eines jeden Nachmittags, wenn sie und Hannah zusammensaß, irgendwann angesprochen, und sie war sich bewusst, dass sie heute einen neuen Punkt zu der Geschichte hinzufügen konnte.

»Ich habe gestern einen Brief von George bekommen«, sagte sie und kam indirekt zu ihrer Neuigkeit, damit das Vergnügen, sie zu erzählen, umso länger andauern konnte.

»Hast du das?«, fragte Hannah fast schon erregt. »Ich möchte alles wissen.«

»Ja«, antwortete Sarah, und ein weicherer Blick trat in ihre hellgrauen Augen. »Ja, und es war ein guter Brief.«

»George war schon immer ein Meister im Schreiben«, erwiderte Hannah. »Er ist ein Sohn, auf den die Mutter richtig stolz sein kann. Er würde keine Lüge erzählen, selbst wenn er damit seine rechte Hand retten könnte.«

»Nein«, erwiderte Sarah, die genau verstand, dass diese scheinbar irrelevante Anspielung auf die Wahrhaftigkeit ihres Sohnes einen direkten Bezug zu den Schwierigkeiten nahm, die sein Werben um Edith begleitet hatten.

»Als Mr Grayman ihn gefragt hatte, ob er schon mit Miss Edith geschlafen habe, hat er kein bisschen gezuckt. Er sprach wie ein Mann. Ich habe noch nie von einem Südstaatler gehört, der lügen würde, um seine Haut zu retten.«

Sie legte ihr Strickzeug auf ihren Schoß und betrachtete mit größter Aufmerksamkeit das kleine Boot, konnte dabei aber weder die weiße Schaluppe noch das schmuddelige Segel mit dem unregelmäßigen braunen Fleck genau erkennen.

Irgendeine zärtliche Erinnerung berührte die ewig junge Mutterschaft in ihrem gealterten Busen, und irgendeine Vision ihres abwesenden Sohnes versperrte ihrem Sinn den Blick auf die vor ihr liegenden Realitäten.

»Er wäre nicht der Sohn seiner Mutter, wenn er gelogen hätte«, bemerkte Hannah mit einer Aufrichtigkeit, die so offensichtlich war, dass sie den Worten jeden Verdacht der Schmeichelei nahm.

»Und auch nicht der Sohn von seinem Vater«, sagte Sarah. »Ich habe nie behauptet, dass Phineas viel von ihm gehalten hatte, aber er war ein guter Mann, und er war so fest wie Stahl, wenn es um die Wahrheit ging.«

»Ja«, stimmte ihre Schwester zu, wie sie jeder Meinung von Mrs Souther zugestimmt hätte, »ja, das war er.«

Sie saßen einen Moment lang schweigend da. Sarah nahm ihre Strickarbeit wieder auf und wurde sich erneut der zurückbleibenden Schaluppe bewusst.

»Das ist wahrscheinlich das Boot von Ben Hatherway«, bemerkte sie. »Wenn er sich nicht schneller vorwärts bewegt, wird er von der Wende der Flut erfasst und wieder hinausgetragen werden.«

Hannah warf einen oberflächlichen Blick in Richtung des Bootes, aber sie war zu sehr an dem Thema interessiert, welches das Gespräch berührt hatte, um es fallen zu lassen, und ihr Verstand war kaum fähig genug, so schnell von einem Thema zum anderen zu wechseln.

»Was hat George gesagt?«, fragte sie. »Du hast gesagt, es sei ein guter Brief.«

»Ja«, antwortete die Mutter, »es war ein richtig guter Brief, wenn ich das sagen darf. Ich habe an das, was drinstand, gar nicht gedacht. Er kommt nach Hause.«

»Er kommt nach Hause?«, wiederholte Hannah in einem Anflug von Aufregung. »Sag mir, kommt er wirklich selbst nach Hause?«

»Ich weiß nicht, was du damit meinst, ob er selbst nach Hause kommt«, erwiderte Sarah leicht witzelnd, was auf ihrer Freude über die Nachricht, die der Brief gebracht herauskam, beruhte, »aber es ist sehr unwahrscheinlich, dass jemand anders nach Hause kommt. Er kommt auf jeden Fall.«

»Man darf gespannt sein, wie er und Miss Edith sich verhalten werden. Es wird zehn Jahre her sein, dass sie sich voneinander verabschiedet haben, und zehn Jahre sind eine beachtliche Zeitspanne.«

»Er wird sich vielleicht verändert haben«, bemerkte Hannah. »Zehn Jahre verändern die Leute meistens mehr oder weniger.«

»Vielleicht«, erwiderte Sarah in einem ernsteren und tieferen Ton, »wird *er* sie verändert vorfinden.«

Wie um Gelegenheit zu geben, den Wahrheitsgehalt dieser Bemerkung zu prüfen, erschien in diesem Augenblick die zierliche Gestalt von Edith Grayman am oberen Ende der steilen und krummen Treppe, die von den Gemächern des alten Hauses zur Küche nahe an der Verandatür führte.

Sie war eine Frau, deren Gesicht die erste Frische der Jugend verloren hatte, obwohl ihre Sommer nur siebenundzwanzig zählten. Vielleicht lag es daran, dass die Winter ihres Lebens immer die längsten Jahreszeiten gewesen waren.

In ihrem Antlitz lag jener Ausdruck milder Melancholie, der das Erbe von Generationen von

Vorfahren ist, die den Verfall von Rasse und Vermögen und den noch bittereren Verfall der alten Ordnung der Dinge, zu der sie gehören, traurig beobachtet haben.

Sie war schlank und anmutig in der Gestalt, mit einer stattlichen und eleganten Haltung, und die Miene einer Patrizierin war vielleicht eine Nuance zu ausgeprägt bei jeder ihrer Bewegungen.

Als sie langsam die von der Zeit bedeckte Treppe hinunterkam, das blonde Haar hoch auf dem wohlgeformten Kopf, die Lippen leicht zusammengepresst und die violetten Augen nachdenklich und in sich gekehrt, hätte Edith für den Geist der Vorfahrin gehalten werden können, deren verjüngtes Kleid aus blassblauem Kamelhaar sie trug.

Die langen Schatten der düsteren lombardischen Pappeln hatten bereits begonnen, sich in weitreichenden Schattenlinien auszustrecken, als ob sie ihre düsteren Finger auf das alte Herrenhaus legen wollten, und die Sonne schien über den Fluss mit einem Licht, das von dem Schleier des Herbstdunstes gerötet war.

Die Strickerinnen, die sich beim Klang von Ediths Schritten umdrehten, schauten in eine Art gedämpftem Glanz hinein, und in diesem sahen sie die junge Frau hinabsteigen, als sie die Wendeltreppe hinunterging.

»Vater schläft«, sagte Miss Grayman und trat mit leichtem Tritt auf die Veranda. »Ich gehe hinunter zum Ufer, um ein wenig Luft zu schnappen, bevor der Abendnebel aufsteigt. Sie werden Vater läuten hören, wenn er erwacht.«

Sie bewegte sich langsam den Pfad hinunter, der zum Fluss führte, und die Blicke der beiden alten Frauen folgten ihr, während sie fortging.

»Sie ist eine geborene Dame«, sagte Sarah, nicht ohne einen gewissen Stolz, als ob sie ihre Besitzerin wäre.

»Das ist sie in Wirklichkeit auch«, pflichtete Hannah bei. »Weiß sie, dass er kommen wird?«

»Ich hatte nur noch nicht den Mut, es ihr zu sagen«, lautete die Antwort. »Manchmal habe ich das Gefühl, als sollte ich es ihr sagen, und dann denke ich wieder, es würde nichts nützen. Zwei- oder dreimal hat sie mich angeschaut, als ob sie wüsste, dass etwas nicht stimmt, aber selbst dann konnte ich es nicht herausbringen.«

»Wann kommt er denn?«

»Sehr bald. Er war in Boston, als er schrieb, und er kann wahrscheinlich jeden Tag auf dem Boot sein.«

In der atemlosen Aufregung über diese Ankündigung legte Hannah ihr Strickzeug für einen Moment zur Seite. Die Romanze zwischen dem jungen George Souther und Edith Grayman hatte sie aufgeregt, wie es nichts in ihrer eigenen Erfahrung hätte tun können, so viel realer und wichtiger waren diese jungen Leute für sie, als ihre eigene Person.

Zehn Jahre lang war die Geschichte, so kurz und einfach sie auch war, für sie die aufregendste aller Romanzen gewesen, und die Möglichkeit der Erneuerung der zerbrochenen Beziehungen zwischen den Liebenden sprach all ihre Sinne an.

Die Geschichte der unglücklichen Liebe des jungen Paares war wirklich nicht so bedeutend, obwohl die beiden Klatschtanten, die in der Sonne strickten, sie an vielen Sommernachmittagen in die Länge weitergesponnen hatten.

Jung, hübsch und einsam, hatte Edith Grayman auf die Liebe des männlichen, gut aussehenden Sohnes ihres Kindermädchens so unbewusst und mit so wenig Inbrunst reagiert, als würde sie gerade über die demokratischen Theorien nachdenken, auf denen diese Nation für ewig gegründet ist.

Sie war sich dessen, was geschah, so wenig bewusst gewesen wie die Blume, die ihren Kelch der Sonne öffnet, und der Schock der Entdeckung, als er es wagte, seine Leidenschaft auszusprechen, war so groß, dass sie dachte, die Liebe, die sie ablehnte, nie gespürt zu haben.

In der Tat ist es wahrscheinlich, dass die plötzliche Wahrnehmung ihrer eigenen Gefühle in ihr die Notwendigkeit erweckte, entschlossen zu sein, wenn sie darauf hoffen wollte, sich gegen das Flehen ihres Liebhabers behaupten zu können. Sie fühlte sich innerlich und äußerlich bedrängt und brauchte ihre ganze Kraft, um nicht nachzugeben.

»Sie hat sich vor zehn Jahren selbst aufgegeben«, kommentierte Sarah und folgte damit dem Gedankengang, den jeder der Schwestern im Kopf hatte, als sie Ediths anmutige Gestalt hinter einem Dickicht von Haselnusssträuchern verschwinden sahen, die sich mit dem Voranschreiten des Herbstes rot färbten.

»Sie hat durchgehalten, bis zu der Nacht, in der George mit seinem Segelboot verunglückte und wir dachten, er käme nie wieder zu sich. Es läuft mir jetzt noch eine Gänsehaut über den Rücken, wenn ich mich daran erinnere, wie sie geschrien hat, als sie sah, wie er hereingebracht wurde, und Gott weiß, dass ich selbst gerne geschrien hätte, aber ich wusste, dass es sonst niemanden gab, der die warmen Decken hätte holen können.«

»Danach konnte sie nicht mehr leugnen, dass sie in ihn verliebt war.«

»Aber sie hat ihn weggeschickt«, warf Hannah ein in einem Ton von jemandem, die einen Einwand wiederholte, der weiterhin hartnäckig nicht zu ihrer Zufriedenheit erklärt wurde.

»Ja«, erwiderte Sarah, »das sagst du immer, wo du doch so gut weißt wie ich, dass das wegen ihres Vaters geschah, und heute liegt er noch genauso im

Bett wie damals und genauso versoffen in seiner Art, wie er immer war.«

Die beiden seufzten im Gleichklang und schüttelten ihre grauen Köpfe. Über die wirkliche Bedeutung der Romantik, die so nahe bei ihnen lag, waren sie fast so unwissend wie die große gelbe Katze, die ihre Augen gemächlich öffnete, als Hannah ihr Garnknäuel fallen ließ und dann die Lider mit vornehmer Langsamkeit wieder über den topasfarbenen Kugelaugen schloss, in Anbetracht der Tatsache, dass die Versuchung, dem Garn nachzujagen, im Großen und Ganzen nicht wert war, ihr nachzugeben,

Sie waren selbst ein Teil des Kampfes zwischen der alten und der neuen Ordnung, aber die guten Geschöpfe waren sich kaum bewusst, dass ein solcher Kampf ausgetragen wurde.

»Sie hat gesagt«, murmelte Sarah und trug einen weiteren Teil der Geschichte vor, »dass sie ihn niemals heiraten würde, solange ihr Vater dagegen ist, und wenn ich nicht wüsste, dass Leonard Grayman, wenn er sich einmal etwas in den Kopf gesetzt hat, bis zum jüngsten Tag dabei bleibt, dann wüsste ich gar nichts über ihn, das ist alles. Sie wird ihr Wort nicht zurücknehmen, und er wird sie nicht davonkommen lassen, und das ist das Einzige, was zählt.«

»Nein«, stimmte Hannah zu und schniefte mitfühlend, »sie werden beide ihre Meinung nicht ändern, darauf kannst du dich verlassen.«

»Er wäre noch immer dagegen, selbst wenn er in seinem Sarg läge, glaube ich«, fuhr Sarah fort, mit einer seltsamen Mischung aus Stolz auf die Familie und persönlichem Groll. »Die Graymans hatten immer eine furchtbare Einstellung.«

»George muss ziemlich reich sein«, bemerkte Hannah in einem Ton, dem ein Hauch von Ehrfurcht anhaftete; »er hat dir vor allem eine Menge Geld geschickt, nicht wahr?«

»Beträchtliche Summen«, antwortete die andere Frau mit bewusster Freude. »Ich habe aber nie etwas davon ausgegeben. Er hat es so lange geschickt, bis ich ihm gesagt habe, dass es für mich keinen Wert hat. Die Familie wollte nicht, dass ich es für sie verwende, und ich hatte sowieso mehr, als ich brauchen könnte. Ich habe mehr als genug, um mich angemessener begraben zu lassen, als die meisten Leute.«

»Ja, ich denke, das hast du«, stimmte Hannah zu.

Die Strickerinnen saßen eine Weile schweigend da und dachten vielleicht in ihren Gedanken darüber nach, was die Erwähnung der letzten Riten für die Toten in ihren Köpfen hervorriefen. Die Schatten wurden jetzt sehr schnell länger, und der Nachmittag war bereits kühler geworden.

Plötzlich ertönte ein Schritt auf dem gekiesten Weg, und ein kräftig gebauter, stattlicher Mann von zweiunddreißig oder dreiunddreißig kam um das

Haus herum und näherte sich der Veranda, auf der die alten Frauen saßen.

»George!«, rief die alte Sarah so plötzlich, dass die Katze aufsprang und aus ihren Träumen von den Mäusen der Vorfahren aufschreckte. »Wo in aller Welt kommst du denn her?«

»Das wüsste ich auch gerne!«, rief Hannah eher beiläufig und ließ in ihrer Aufregung eine Masche bei ihrer Strickerei fallen.

Sie war sich des Missgeschicks jedoch sofort bewusst, und während die Mutter und der Sohn nach ihrer zehnjährigen Trennung Grüße austauschten, war Hannah damit beschäftigt, die Schlaufe des blauen Garns wieder aufzunehmen, die ihre kurzsichtigen Augen im gedämpften Licht kaum sehen konnte.

Als sie die Masche gefunden hatte, begrüßte sie ihn auf ihre eigene nüchterne Art, aber auch sie war in Wahrheit überwältigt von diesem stämmigen und bärtigen Mann, den sie als Jüngling in Erinnerung hatte.

Die beiden Frauen schnatterten aufgeregt um den robusten Neuankömmling herum, der auf den Stufen der Veranda Platz genommen hatte, und überfielen ihn, jede auf ihre Art, mit einer Flut von Fragen oder Ausrufen, denen er sich wohl kaum mit genügender Aufmerksamkeit widmen konnte.

Nach einer Trennung von zehn Jahren waren die Begrüßungen natürlich herzlich, aber die Southers neigten grundsätzlich nicht zu Überreaktionen, und es war nicht zur Überraschung von Mrs Souther, dass ihr Sohn, bevor viele Minuten vergangen waren, abrupt sagte –

»Wo ist sie?«

»Na, na«, sagte seine Mutter in einem Ton, in dem sich Stolz, Vorwurf und Zuneigung seltsam mischten, »bist du immer noch nicht darüber hinweg?«

»Nein«, antwortete er kurz, legte aber zärtlich die Hand auf die seiner Mutter. »Wo ist sie?«

»Wahrscheinlich will sie dich nicht sehen«, traute sich seine Mutter zu sagen.

»Sie hat nach mir geschickt.«

Die beiden Frauen starrten ihn erstaunt an.

»Sie hat nach dir geschickt?«, riefen sie unisono und hoben ihre Stimmen an.

»Ja«, sagte er, stand auf und warf seine starken Schultern in einer Geste zurück, an die sich seine Mutter gut erinnerte. »Ich wüsste nicht, warum ich es dir nicht sagen sollte, Mutter. Sie sagte, sie habe sich so lange ihren Stolz bewahrt, wie sie es ertragen konnte.«

Die Situation war viel zu überraschend, als dass die Frauen sie sofort hätten begreifen können. Ihr Strickzeug lag vernachlässigt in ihrem Schoß, während sie versuchten, die volle Bedeutung dieser wunderbaren Sache zu erfassen.

»Es ist nicht ihr Stolz«, sagte die alte Sarah leise. »Es ist seiner, aber sie würde nichts gegen ihren Vater sagen, selbst wenn sie dafür getötet werden sollte.«

»Ist sie im Haus?«, fragte er.

»Nein; sie ist unten am Ufer«, antwortete seine Mutter mit keuchender Stimme.

In diesem Moment ertönte aus dem Haus das Bimmeln einer Glocke. Die beiden Frauen schreckten überrascht auf.

»Ach, du meine Güte!«, kam die Stimme von Hannah unter ihrem Atem hervor.

»Was ist das?«, fragte George.

»Das ist seine Glocke«, antwortete Mrs Souther. »Er will mich sehen. Kümmere dich aber nicht darum.«

»Aber er muss doch gehört haben – «, begann Hannah atemlos. Dann hielt sie abrupt inne.

»Glaubst du, er hat mich gehört?«, fragte George.

»Oh, er wacht um diese Zeit sowieso immer auf«, sagte seine Mutter. »Außerdem«, fügte sie mit einem neuen Ton der Rebellion in der Stimme hinzu, »was wäre, wenn er es getan hätte? Du hast ein Recht darauf, mich zu besuchen, darf ich doch hoffen.«

Wieder bimmelte die Glocke. Die alte Sarah wandte sich um, um ins Haus zu gehen.

»Du wirst sie unten am Ufer finden«, wiederholte sie.

Auf ihr Wort hin wandte er sich ab und nahm mit langen, schnellen Schritten den Weg, den Miss Edith vorhin genommen hatte.

Die Mutter hielt inne, um ihn von der Schwelle aus zu betrachten. Hannah strickte mit fieberhafter Eile und ängstlicher Miene weiter.

Ein drittes Mal rief die Glocke, jetzt dringender, und Sarah stieg die krumme Treppe hinauf, verfolgt von den erschrockenen Blicken ihrer Schwester.

In der kühlen und schattigen Kammer, in die Sarah ging, ein Raum, der mit hochragenden alten Mahagonimöbeln ausgestattet war, von denen das jüngste Stück noch die Großväter des vertrockneten alten Mannes gekannt hatte, der in dem geschnitzten Bett lag, erschien ihr die Luft wie elektrisiert vor den schrecklichen Aussichten.

Mr Grayman saß aufrecht im Bett, seine spärlichen weißen Locken standen elfenhaft zerzaust um das blasse Pergament seines Gesichts, und seine Augen waren unnatürlich hell.

»Wo sind Sie gewesen?«, fragte er mit grimmiger Verärgerung. »Warum sind Sie nicht gekommen, als ich geläutet habe?«

Sie antwortete ihn nicht darauf, sondern beschäftigte sich mit der Medizin, die er nun einnehmen sollte.

»Wessen Stimme habe ich da gehört?«, fragte der alte Mann, nachdem er den Teelöffel mit der Flüssigkeit, den sie ihm brachte, geschluckt hatte.

»Hannah ist hier«, antwortete sie kurz.

»Aber ich habe die Stimme eines Mannes gehört«, fuhr er fort, wobei seine Aufregung immer größer wurde. »Ich weiß, wer es war! Ich weiß, wer es war!«

»Legen Sie sich hin«, sagte seine Krankenschwester streng. »Sie wissen, dass der Arzt gesagt hat, ihr Herz würde keine Aufregung vertragen.«

»Es war George!«, rief er schrill aus. »Er ist ein unverschämter – «

Ein Hustenanfall drohte ihn zu ersticken, aber er kämpfte krampfhaft weiter.

»Wenn sie mit ihm spricht, wenn sie ihn auch nur ansieht, werde ich sie verfluchen! Ich werde sie verfluchen! Ich komme aus dem Grab zurück, um ...«

Ein krampfhaftes Keuchen beendete den Satz. Er fasste sich an seine Kehle und die Brust; er kämpfte in fürchterlicher Weise.

Die alte Sarah stützte ihn in ihren Armen und versuchte, ihm zu helfen, aber nichts konnte ihn vor der Wirkung dieses Krampfes bewahren.

Mit einer letzten gewaltigen Kraftanstrengung warf der alte Mann den Kopf zurück, zog mit einem schrecklichen Keuchen den Atem ein und stieß ihn wieder aus, um einen letzten Fluch auszusprechen.

»Verflucht – «, das schrille Wort schallte durch die Kammer hinaus, aber es folgte kein weiteres mehr.

Eine starke, faltige Hand, eine Hand, die ein Leben lang treu für ihn und die Seinen gearbeitet hatte, wurde auf seinen Mund gedrückt. Er würgte, keuchte, und dann war die männliche Linie der Familie Grayman ausgelöscht.

In der Zwischenzeit hatte Hannah auf der Veranda gesessen, strickte wie ein Automat und starrte die gelbe Katze mit vom Schreck gefüllten Augen an. Sie hatte den Tumult in der oberen Kammer gehört, aber ihn nur sehr leise wahrgenommen, bis das letzte schrille Wort laut die alte Treppe hinunter schallte. Dann ließ sie in völliger Bestürzung ihr Strickzeug fallen.

»Ach, du meine Güte!«, sagte sie laut. »Ach, du meine Güte!«

Sie wurde von dem plötzlichen Trubel, der den friedlichen Nachmittag gestört hatte, völlig mitgerissen.

Mit den alle gleichmachenden Tendenzen der modernen Tage war Hannah in gewisser Weise vertraut geworden, da sie eine Zeit lang in einer Stadt von einiger Größe in der Ferne gelebt hatte, und dann in den letzten Jahren im Dorf, wo das ungestörte Dasein des alten Grayman-Hauses fast so fern erscheinen konnte wie das Leben in einem anderen Jahrhundert. Aber Hannah wandte nie die modernen Prinzipien auf die Familie' an, obwohl die Graymans eine Ausnahme von allen Regeln der sozialen Gleichheit oder demokratischen Tendenz waren.

Die Anmaßung ihres Neffen, seine Augen auf Miss Edith zu richten, war für die schlichte alte Seele schon immer fast unglaublich gewesen; und zu verstehen, dass eine Dame aus dem Geschlecht der Graymans auch nur einen Moment lang wärmere Gefühle als Gunst für einen Souther hegen konnte, lag völlig jenseits von Hannahs Vorstellung.

Sie hatte George sagen hören, dass Miss Edith nach ihm geschickt hatte; aber sie hatte es nicht mehr verstanden, als sie eine Vision der Apokalypse verstanden hätte. Die langsamen Schritte, mit denen das Mädchen sich aufmachte, um sich gegen die Familientraditionen aufzulehnen und bereit zu sein, ihre herzzerreißenden Vorsätze aufzugeben und ihren Geliebten herbeizurufen, hätten der alten Hannah nur durch die Theorie des Wahnsinns glaubhaft gemacht werden können.

Sie saß in der Stille, die auf den schrillen Schrei aus der Todeskammer gefolgt war, benommen und halb zusammengekauert da, unfähig zu denken oder sich zu bewegen.

Endlich sah sie George Souther, der allein auf dem Weg zum Fluss zurückkehrte. Die Helligkeit war aus seinem Gesicht verschwunden, und seine Lippen waren streng zusammengezogen.

»Sie hat ihn wieder weggeschickt«, sagte Hannah West zu sich. »Sie musste es tun.«

Das Universum schien sich wieder ins Lot zu bringen.

Irgendeine monströse Verirrung war wohl für einen Moment über Miss Grayman herein-gebrochen, aber die Sterne waren in ihren Bahnen für sie nicht unerschütterlicher als die Prinzipien des Blutes.

Hannah atmete freier, als sie das gezeichnete Gesicht ihres Neffen sah. Sie wünschte ihm nichts Böses, aber sie konnte seinen Wunsch als nichts anderes als den eines Verrückten ansehen, der den Mond vom Himmel reißen wollte.

Instinktiv akzeptierte sie sein offensichtliches Scheitern als Beweis dafür, dass es noch Vernunft in der Welt gab und dass die moralischen Grundlagen der Gesellschaft noch unzerstört waren.

»Wo ist Mutter?«, fragte George abrupt, als er auf die Veranda kam.

»Sie ist noch nicht heruntergekommen«, antwortete Hannah, deren dünne Hände wie eine Maschine mit dem Stricken weitermachten.

»Ich glaube nicht, dass ich warten werde«, sagte er schlicht. »Sie wird es verstehen.«

Doch in diesem Augenblick erschien die Gestalt seiner Mutter auf der Treppe. Sie kam auf die Veranda hinaus, gebeugt, grau, geduckt. Als sie jedoch in das Gesicht ihres Sohnes blickte, richtete sie sich auf und ein neuer Ausdruck trat in ihre Augen.

»Wo ist Miss Edith?«, fragte sie ihn unvermittelt.

George kam zu ihr und nahm sanft ihre Hand.

»Mutter«, sagte er, »du darfst ihr keinen Vorwurf machen. Sie kann ihrem Vater nicht das Herz brechen. Sie hat mich doch wieder weggeschickt.«

Seine Mutter sah ihn ruhig an, aber mit Augen, die wild leuchteten.

»Du brauchst nicht zu gehen«, verkündete sie ruhig. »Er ist tot.«

»Tot!«, wiederholte ihr Sohn.

»Tot!«, rief Hannah schrill.

»Ja«, antwortete Sarah mit zunehmender Gelassenheit. »Er hatte einen seiner Hustenanfälle. Der Arzt sagte, er würde eines Tages an einem von ihnen sterben. Du solltest besser zu Miss Edith gehen und es ihr sagen.«

Hannah erhob sich so langsam von ihrem Stuhl, als ob die Schwäche des Alters plötzlich über sie gekommen wäre.

»Der Arzt hat gesagt, er darf sich nicht aufregen«, zitterte sie. »Wusste er, dass George hier war?«

Der Sohn, der sich halb abgewandt hatte, drehte sich wieder um.

»War es das, was ihn umgebracht hat?«, fragte er.

Die alte Sarah richtete sich mit äußerster Anstrengung auf. Allein die Anstrengung, eine Lüge auszusprechen und das schreckliche Geheimnis, das ihre Seele für den Rest ihres Lebens verdunkeln sollte, verlieh ihren Worten einen zusätzlichen Hauch von Aufrichtigkeit.

»Er hat es nicht gewusst«, sagte sie. »Er ging fort, friedlich wie ein Kind.«

Ihr Sohn wartete auf nichts mehr, sondern eilte noch einmal den Flusspfad hinunter.

Hannah stand wie versteinert da.

»Aber, Sarah«, sagte sie, »ich habe gehört – «

Sarah schaute sie mit einem wilden Blick an, dann war es einen Augenblick lang still.

»Nein«, sagte sie, »du hast überhaupt nichts gehört. Er hat es nicht gesagt!«

Sie lehnte sich an den Türpfosten und betrachtete seltsam ihre rechte Hand, als ob sie erwartete, Blut daran zu sehen. Dann richtete sie sich wieder auf und straffte die Schultern, als ob sie eine Last auf sich nehmen wollte.

»Sei still«, sagte sie. »Sie kommen.«

Ganz mechanisch begann die alte Hannah, gebeugt und verwirrt, ihr Strickzeug im verblassenden Herbstnachmittag einzusammeln.

»Es wird kühl«, murmelte sie fröstelnd.

EINE KOMÖDIE IN TRAUERKLEIDERN

»Ich für meinen Teil«, bemerkte Mrs Sterns geduldig und wendete die Naht des Flanellhemds, das sie für einen unbekannten Soldaten nähte, »ich glaube nicht, dass eine der drei jemals wirklich mit Archie Lovell verlobt war. Er zog natürlich mit allen ein bisschen herum, aber das war nichts – was ihn anbelangte.«

Ein Gemurmel aus der Gruppe um sie herum zeugte zumindest von Sympathie für ihren Standpunkt, und Zustimmung gab es ebenfalls für die Bemerkung, mit der Mrs Small das Gespräch fortsetzte.

»Es ist furchtbar einfach für ein Mädchen Trauer zu tragen, wenn ein Mann tot ist, und zu sagen, sie sei mit ihm verlobt gewesen, aber wenn eine von ihnen mit Archie Lovell verlobt gewesen wäre, als er noch lebte, hätte sie damals schon genug damit geprahlt.«

Das zustimmende Gemurmel war jetzt noch ausgeprägter, und ein oder zwei der Mitglieder des Soldatenhilfsvereins drückten ihre volle Zustimmung zu dieser Meinung auch in Worten aus.

Die Damen, aus denen sich der Verein zusammensetzte, nutzten gewöhnlich die Gelegenheiten, die ihre Zusammenkünfte boten, um den ganzen Klatsch und Tratsch von Tuskamuck zu besprechen, und die Angelegenheit, über die sie jetzt in der Ecke von Dr Wentworths Wohnzimmer sprachen, war eine, die in der kleinen Gemeinde viel Aufregung verursacht hatte.

Es war in den Tagen des Bürgerkriegs, und alles, was mit den Soldaten zu tun hatte, weckte Interesse, aber eine Kombination aus Romantik und Klatsch mit einer Tragödie auf dem Feld enthielt alle Elemente der tiefsten Gefühlsempfindung.

Nach der Schlacht von Chickamauga war die Nachricht vom Tod von Archie Lovell gekommen, und obwohl darauf ein vages Gerücht folgte, dass er vielleicht eher unter den Vermissten als unter den Gefallenen sein könnte, war die traurige Meldung nie wirklich widerlegt worden.

Da die Zeit ohne Nachricht von dem Vermissten verstrichen war, hatte man seinen Tod akzeptiert, und selbst seine Tante, die alte Lady Andrews, deren Idol er gewesen war und die sich an die Hoffnung klammerte, solange es möglich schien, hatte ihn schließlich aufgegeben.

Sie hatte einen Gedenkstein in Auftrag gegeben, der auf dem Dorffriedhof aufgestellt werden sollte, und das Erscheinen der Marmortafel schien in gewisser Weise die Überzeugung offiziell zu bestätigen, dass Archie Lovell nie wieder sein strahlendes Gesicht und sein gewinnendes Lächeln durch die Straßen des Dorfes tragen würde, und dass er nie wieder die Klatschtanten von Tuskamuck an den Rand der Verzweiflung treiben würde, wenn er so ausgeprägt mit einem Dutzend Mädchen flirtete, dass sie ihn unmöglich im Auge behalten oder entscheiden konnten, wer seine wirkliche Favoritin – wenn er eine hatte – sein könnte.

Der Verlust, den die Klatschtanten durch seinen Tod erlitten hatten, wurde jedoch bald wieder wettgemacht, denn kaum war die Nachricht von seinem Ableben bekannt geworden, gaben drei Mädchen bekannt, eine nach der anderen, mit dem toten Helden verlobt gewesen zu sein, und eine nach der anderen zog zu seinem Andenken Witwenkleidung an.

So viele Mädchen waren die Empfängerinnen von Archies vielfältigen Aufmerksamkeiten gewesen, dass es für fast jedes von Tuskamucks Mädchen ein Leichtes gewesen wäre, eine solche Behauptung mit einem gewissen Anschein von Wahrscheinlichkeit vorzubringen; aber leider hatten bis Ende des Jahres 1863 zu viele Mädchen diese Art von Dingen getan, als dass die posthume Ankündigung einer Verlobung mit angemessener Feierlichkeit oder sicherem Glauben aufgenommen werden konnte.

Es war zu einer Art Mode geworden, um tote Soldaten zu trauern, und zweifellos befriedigte manches verlassene Fräulein durch solche eine zärtliche Fiktion, eine zerstörte Leidenschaft, der es zuvor nicht erlaubt war, ans Licht zu kommen.

Zynische Geister erklärten, dass es dem Tod eines Soldaten einen neuen Schrecken hinzufügte, dass er nie wissen konnte, wer behaupten würde, mit ihm verlobt gewesen zu sein, zumal er nicht mehr in der Lage war, es zu leugnen.

Und wenn, wie im vorliegenden Fall, drei untröstliche Jungfrauen für denselben Mann Trauerkleidung trugen, wurde die Angelegenheit selbst für die empfänglichen Sympathien in der Kriegszeit zu absurd.

»So, wie die Dinge laufen«, bemerkte Mrs Drew, eine strenge Frau mit einem harten Blick, »werden die Männer so zahlreich umgebracht, dass die einzige Befriedigung, die ein Mädchen überhaupt bekommen kann, darin besteht, um einige von ihnen zu trauern; und ich mache ihnen keinen Vorwurf, wenn sie es tun.«

Die Art der Bemerkung gefiel offenbar ihren Zuhörerinnen nicht, die es kaum ertragen konnten, wenn über die Tragödie, in die die Nation verwickelt war, auch nur annähernd leichtfertig gesprochen wurde.

»Wenn es eine der drei war«, erklärte Mrs Cummings nach kurzem Schweigen, »dann war es Delia Burrage. Er war ständig mit ihr unterwegs.«

»Nicht mehr, als er es mit Mattie Seaton tat«, bemerkte eine andere Dame. »In dem Winter, bevor er sich freiwillig meldete, brachte er Mattie meistens von der Singschule nach Hause.«

»Jedenfalls war er den ganzen Abend bei Delia, als sie der Kompanie die Fahne präsentierte, bevor sie ausrückten. Erinnerst du dich nicht, wie wir im Hof der Akademie zu Abend aßen und – «

»Natürlich erinnere ich mich. Ich glaube, ich war im Komitee; aber er war sehr oft mit Mattie unterwegs.«

»Er hat Mary Foster den hölzernen Stuhl geschickt, den er im Lager geschnitzt hat«, meldete sich eine andere Dame zu Wort, die als Verfechterin des Dritten der Trauernden auftrat, die so auffällig ihren Kummer einer ungläubigen Welt kundtaten.

»Nun, das war nur der Preis für eine Wette, das zählt also nicht. Sie hat es mir selbst gesagt.«

Der Fall wurde mit all dem Eifer und der Genauigkeit erörtert, die untrennbar mit einer Diskussion im Soldatenhilfsverein von Tuskamuck verbunden sind, und schließlich, als alle anderen Anzeichen von Ermüdung zeigten, ergriff Tante Naomi Dexter das Wort.

Sie hatte die ganze Zeit über dem Disput zugehört, ab und zu eine trockene Bemerkung eingeworfen, mit dem Fuß gewackelt, an ihrem grünen Barège-Schleier herumgeknabbert, wie es ihre Art war, und sie sah aus, als könnte sie viel erzählen, wenn sie nur wollte.

Tante Naomi verachtete das Nähen und war die einzige Frau, die das Privileg hatte, untätig zu bleiben, während alle anderen beschäftigt waren. Sie nahm bei diesen Gelegenheiten nie ihre Haube ab, weil sie sich einbildete, nur kurz vorbeigekommen zu sein und nicht wirklich zum Verein zu gehören; aber Klatsch war für Tante Naomi wie der Atem in ihren

Nasenlöchern, und sie wäre lieber gestorben, als sich von einer Gesellschaft fernzuhalten, in der über etwas Aktuelles getratscht wurde.

»Ich weiß nicht, mit wie vielen Mädchen Archie Lovell verlobt war«, bemerkte sie nun trocken. »Ich wage zu behaupten, dass er es selbst nicht wusste; und soweit ich weiß, war er mit allen drei dieser Gänse verlobt, die für ihn die schwarze Flagge hissen. Aber ich kann Ihnen das Mädchen nennen, das er wirklich heiraten wollte, und sie trägt auch nicht schwarz.«

Die Damen betrachteten sie alle mit fragenden Blicken von lebhafter Neugier, aber sie rollte den süßen Happen Klatsch auf ihrer Zunge und hatte offenbar nicht die Absicht, sich zur Eile drängen zu lassen.

»Wer ist es?«, verlangte Mrs Cummings schließlich in einem Ton, der andeutete, dass weiteres Klein-Klein nicht zu ertragen war.

Tante Naomi befeuchtete ihre Lippen mit einer Miene, die der einer Katze glich, die einen fetten jungen Spatzen betrachtete.

»Ich wüsste nicht, ob es irgendjemanden gibt, mit der er eher verlobt gewesen wäre als mit Mattie«, behauptete die Verfechterin dieser jungen Dame kämpferisch.

»Er hätte sie ebenso wenig geheiratet wie mich«, behauptete Tante Naomi verächtlich.

»Wer war es dann?«, verlangte Mrs Smith ungeduldig.

Tante Naomi blickte in die eifrigen Gesichter und schien zu spüren, dass das Interesse auf seinen Höhepunkt gebracht wurde und es nun an der Zeit war, es auszusprechen.

»Nancy Turner«, verkündete sie kurz.

Der Name wurde mit unterschiedlichen Gesichtsausdrücken aufgenommen, aber nur wenige der Damen hatten irgendeinen besonderen Kommentar in Worten anzubieten.

Einige verachteten die Idee, und die Verfechter der drei Trauernden hielten immer noch ihre Waffen bereit, aber die neue Theorie hatte offensichtlich eine gewisse Kraft in sich, denn die Frauen waren alle deutlich sichtbar beeindruckt, dass in diesem Vorschlag die wahre Lösung für die Launen von Archie Lovells mannigfaltigem Liebeswerben liegen könnte.

Wie Mrs Cummings jedoch sagte, war Nancy Turner ein Mädchen, das sich mit ihren eigenen Dingen beschäftigte, und wenn sie tatsächlich mit dem vermissten Soldaten verlobt gewesen war, würde niemand je etwas davon erfahren.

Es war entmutigend für die Klatschtanten, mit einem Geheimnis konfrontiert zu werden, von dem sie so wenig Hoffnung hatten, es jemals zu lösen, und das Gespräch wandte sich allmählich anderen

Themen zu, wobei dieses eine stets verfügbar blieb, um aufgegriffen zu werden, wann immer die Unterhaltung stagnieren würde.

Der Sonntag nach dieser Versammlung des Soldatenhilfsvereins war ein warmer und schöner Frühlingstag, der zum Aufenthalt im Freien einlud.

Die öffentliche Moral in Tuskamuck war in ihrer Auslegung streng gefasst, und zu den sonstigen Einschränkungen, die sie auferlegte, gehörte die Unschicklichkeit, am Sonntag spazieren zu gehen, es sei denn, man schlenderte über den Dorffriedhof.

Was Letzteres betrifft, hätte die Theorie, wenn man sie sorgfältig untersuchen würde, aller Wahrscheinlichkeit nach ihre Wurzeln in irgendeiner puritanischen Vorstellung, dass die Jugend in ihrer Gedankenlosigkeit durch den Anblick der grasbewachsenen Hügel mit den feierlichen und einfachen Grabinschriften und der allgemeinen Mahnung an den Tod, sich der Religion eher zugeneigt fühlen würde.

In der Praxis rechtfertigten die Tatsachen eine solche Theorie nicht ganz, denn die schamlosen jungen Leute suchten unwillkürlich eher nach Belustigung als nach geistiger Erleuchtung. Sie plauderten und lachten so laut sie sich trauten und untersuchten die Gedenktafeln auf solche, die durch irgendwelche Parodien entgegen ihrer ursprünglichen Absicht lächerlich gemacht werden könnten, und tauschten Witze auf wenig pietätvolle Weise aus.

Sie gaben sich sogar gedankenlos kleinen derben Flirts hin, inmitten dieser düsteren Erinnerungen an ein Leben, in dem es weder Heirat noch Heiratsabsichten gibt, und sammelten eifrig Klatsch und Tratsch durch scharfe Beobachtung junger Paare, die nichts ahnend von beobachtenden Augen zwischen den Gräbern umherschlenderten.

Heute aber lockte der Wunsch, den neu angefertigten Stein zu sehen, der über den leeren Grabhügel gelegt worden war und die Erinnerung an Archie Lovell bewahren sollte, ungewöhnlich viele Dorfbewohner an, die nach dem Nachmittagsgottesdienst auf den Friedhof einbogen. Ein aufgeregtes Geflüster hatte sich verbreitet, als die drei untröstlichen, verlobten Jungfrauen alle mit Blumen zur Kirche gekommen waren.

Die kleinen Gruppen drängten sich langsam durch das verwitterte Tor hinter der Kirche, aber die ersten von ihnen wurden durch den Anblick einer schwarz gekleideten Gestalt erschreckt, die bereits ihren Geranienstrauß auf das Grab legte.

Delia Burrage, die im Chor sang, war, wie man sich nachher von einem Ende der Stadt zum anderen erzählte, die Emporentreppe hinuntergeschlichen, ohne den Segen abzuwarten, und hatte es so geschafft, als Erste auf dem Feld zu sein.

Die versammelten Gruppen von Dorfbewohnern hatten kaum Zeit gehabt zu bemerken, mit welch zärtlicher Sorgfalt die trauernde Delia ihren Strauß scharlachroter Blüten am Fuße der immer noch verschneiten Marmorplatte arrangierte, als sie beim Anblick einer zweiten Gestalt im Trauerkleid, die ebenfalls Blumen trug, in köstliche Erregung gerieten.

Mary Foster hielt in ihren schwarz behandschuhten Händen ein Büschel weißer Chrysanthemen, eine beliebte Zimmerpflanze in Tuskamuck.

Miss Foster kam gegenüber der zuerst Angekommenen an den Grabstein und legte ihre Opfergabe demütig unterhalb der roten Geranien, aber obwohl sie dadurch gezwungen war, ihre Blumen weiter vom Stein entfernt zu platzieren als die andere, war sie offensichtlich entschlossen, sich in ihrer Hingabe nicht übertreffen zu lassen.

Sie fiel auf die Knie und vergrub ihr Gesicht in ihrem Taschentuch in einem so dramatischen Kummer, dass Miss Burrage weit übertroffen wurde und keine andere Möglichkeit hatte, als ihrerseits auf die Knie zu gehen, in einer eher schwachen Nachahmung ihrer Rivalin.

Die Zuschauer befanden sich zu diesem Zeitpunkt in einer Art Geschnatter voll von befriedigter Erregung und tauschten viele bedeutungsvolle Blicke und gedämpfte Kommentare aus. Die Kühnsten drängten sich sogar näher an den Ort des Geschehens und waren sehr neugierig zu hören, ob ein Wort zwischen den trauernden Damen fallen würde.

Dann erreichte die Aufregung ihren Höhepunkt, als Martha Seaton langsam den langen Weg hinunterkam, aufwendiger in Zobelfell drapiert als jede der anderen. Sie trug einen Kranz aus englischem Efeu, und eine Art bewundernder Schauer durchlief die Nachbarn, als sie sahen, dass Miss Seaton für diesen Trauerkranz das jahrelange Wachstum in ihrer Fenstergärtnerei geopfert hatte.

»Meine Güte! Sie hat ihren Efeu geschnitten!«, keuchte einer von ihnen.

»Ja, das hat sie! Um des Landes willen!«, antwortete ein anderer, der zu sehr überwältigt war, um diese Worte zusammenhängend zu sprechen.

»Ihr konntet darauf vertrauen, dass Mattie Seaton niemanden über ihr duldet«, kommentierte eine dritte Stimme in einem Anflug von Bewunderung.

Die menschliche Neugier konnte sich in einem solchen Moment nicht zurückhalten. Als Mattie auf den Platz von Lovell zuging, folgten ihr die Nachbarn wie unter einem unwiderstehlichen Zwang. Sie bildeten einen Ring um die Stelle, als sie diese erreichten, und sie schauten und lauschten mit einem solch aufrichtigen Eifer, dass er fast entschuldbar war. Näher herangekommen konnten sie sehen, dass die zuerst Angekommenen hinter den vor die Augen gepressten Taschentüchern zusahen.

Mit der Anerkennung, die zu einer gelungenen dramatischen Aufführung gehört, bemerkten die Zuschauer auch die völlige Kühle, mit der

Miss Seaton sie ignorierte, bis sie dicht vor dem erschlafften zwei anderen stand. Dort warf sie ihren langen Trauerschleier mit einer schwungvollen Geste zurück und schaute mit einem königlichen Blick ihrer zigeunerhaften schwarzen Augen erst auf die beiden und dann auf die Blumen.

»Oh, ich danke euch so sehr, dass ihr Blumen mitgebracht habt«, sagte sie mit einer Stimme, die sie spürbar so weit anhob, dass ihre Worte deutlich von dem Ring von Zuschauern gehört werden sollten. »Archie hat sie so gern gehabt!«

Die Worte gaben keine Chance auf eine Antwort, und ein hörbares Kichern erhob sich aus der lauschenden Menge, so offensichtlich hatten ihr Ton und ihr Auftreten die anderen beiden Trauernden zu Außenseitern gemacht.

Als Mattie sich langsam und bedächtig um den Grabstein herumbewegte, bis sie hinter ihm stand, ihren Kranz an seine runde Spitze hängte und sich mit dem Taschentuch, das ihre Augen bedeckte, über ihn beugte, hatte sie die ganze Situation völlig für sich eingenommen. Wie einer der jungen Männer der Stadt unelegant bemerkte, war sie 'die Chefin dieses Grabes' und die anderen zählten nicht. Wie in einem sorgfältig geplanten *Tableau vivant** stand sie da, eine gebeugte Gestalt der Qual, während die anderen beiden lediglich zu knienden Ministranten ihres Leids geworden waren.

[* lebendes Bild, Nachstellung von klassischen Motiven der Malerei durch lebende Personen.]

»Na, wenn das nicht die Krönung ist!«, kicherte der alte Ichabod Munson und verzog sein ledriges Gesicht zu einer Ekstase aus Falten. »Leute, ich wünschte, Archie Lovell könnte das sehen. Allein für den Anblick seiner drei Witwen und des Seaton-Mädchens, das sich so über die anderen hermacht, würde er sich umlegen lassen.«

»Er würde denken, er sei ein Mormone oder ein Türke«, bemerkte Miss Charlotte Kendall mit ihrem tiefen, kehligen Kichern, das nicht einmal die Feierlichkeit des Friedhofs unterdrücken konnte. »Er würde das Spaßige daran erkennen. Armer Archie! Er liebte immer einen Scherz.«

Die Situation um den Grabstein war eine, aus der man sich schnell zurückziehen musste, um effektiv zu bleiben. Mattie Seaton war offenbar die Einzige, die das einzuschätzen wusste. Einige Augenblicke blieb sie mit der Stirn zur Platte gebeugt stehen, dann küsste sie fieberhaft den kalten Marmor und mit gebrochener Stimme, aber immer noch in Tönen, die für die lauschenden Nachbarn leicht zu hören waren, sagte sie zu den knienden Mädchen:

»Vielen Dank für euer Mitgefühl«, und bevor sie etwas erwidern konnten, hatte sie die Wolke aus Tüchern wieder über ihr Gesicht fallen lassen und ging rasch den Weg zum Tor hinauf.

Nie war ein Abgang von dramatischerer Wirksamkeit. Die beiden Zurückgebliebenen tauschten wütende Blicke aus, dann sprangen sie mit einem gleichzeitigen Impuls auf und entfernten sich so schnell wie möglich aus dem Blickfeld ihrer Mitbürger. Sie mochten dumm sein, aber sie waren nicht so dumm, dass sie nicht wussten, wie lächerlich sie an diesem Nachmittag gemacht worden waren.

Nur wenige Tage danach wurde das Dorf durch die Nachricht aufgerüttelt, dass die alte Lady Andrews, die so um Archie trauerte und den hübschen, gutmütigen, selbstsüchtigen, koketten Hundesohn sein ganzes Leben lang verehrt hatte, in den Süden gefahren war, in der Hoffnung, seine Überreste zu bergen und sie nach Hause zu bringen, damit sie unter dem Stein ruhen, den sie hat errichten lassen.

Die Dorfbewohner sympathisierten im Allgemeinen mit diesem Wunsch, hielten aber die Erfolgsaussichten einer solchen Suche für ein hoffnungsloses Unterfangen. Seit der Nachricht von Archies Tod war schon beträchtlich viel Zeit vergangen, sein Schicksal war von Anfang an ungewiss gewesen, und die Chancen, sein Grab zu identifizieren, schienen äußerst gering.

»Ich glaube, die alte Lady Andrews hätte besser daran getan, zu Hause zu bleiben«, drückte Siah Appleby die Stimmung der Stadt aus. »Wenn sie etwas Bestimmtes herausfindet – was nicht sehr wahrscheinlich ist – wird sie feststellen, dass Archie zusammen mit vielen anderen armen Kerlen in eine Grube gelegt wurde und es keine Möglichkeit gibt, ihre Knochen vor dem Tag des Jüngsten Gerichts zu sortieren. Sie hatte einen Stein für ihn machen lassen und sollte es besser dabei belassen.«

Diese Rührseligkeit berührte einige, aber die Jahre des Krieges hatten so viel Kummer und Leid gebracht, dass die meisten sich in eine Art dumpfe Duldung gefügt hatten, es sei denn, das Leid war persönlich und unmittelbar.

Die Nachbarn sympathisierten mit den Gefühlen der trauernden Old Lady Andrews, aber so viele Ehemänner und Väter, Brüder und Söhne und Liebhaber waren in unbekannten Gräbern verschwunden, dass die Gefühlsnerven betäubt waren. In den frühen Jahren des Krieges wäre es unerträglich gewesen, sich vorzustellen, dass ein Freund in einem namenlosen Grab im Süden lag; jetzt schien es einfach ein Teil des unvermeidlichen Elends des Krieges zu sein.

'Die drei Witwen', wie sie von den Dorfbewohnern unfreundlich genannt wurden, konnte man nach der Episode auf dem Friedhof nicht mehr so oft sehen. Sie gingen einander so weit wie möglich aus dem Weg und waren sich offenbar nicht darüber im Klaren, dass sie von ihren Nachbarn nicht sehr ernst genommen wurden.

Vielleicht wussten sie, dass Witze auf ihre Kosten im Umlauf waren, wie die grimmige Bemerkung von Diakon Daniel Richards, dass er nicht sehe, wie eine von ihnen mehr als ein 'Witwen-Drittel' von Archies Andenken beanspruchen könne. Zumindest verhielten sie sich ziemlich still, und die Wochen vergingen ereignislos, bis die Abreise der alten Lady Andrews die Aufmerksamkeit wieder auf die Geschichte lenkte.

Die alte Lady ging allein fort, und nachdem sie weggegangen war, schickte sie keine Nachricht zurück, in der sie berichtet hätte, wie es ihr auf ihrer Suche erging. Ihr Neffe wurde vermisst, sie hatte keine unmittelbare Familie, und sie schrieb auch an niemanden sonst aus ihrer Stadt.

Der Frühling öffnete sich zum Sommer wie eine Knospe, die zur Blume wird, und das Leben in Tuskamuck ging mit seinen verschiedenen Interessen weiter, aber niemand war in der Lage mehr zu tun, als über ihre Schritte oder ihren Erfolg zu spekulieren.

An einem Nachmittag im Juni traf sich der Soldatenhilfsverein zu seiner wöchentlichen Zusammenkunft in der Sakristei. Die Versammlung war ursprünglich im Haus der Witwe Turner anberaumt worden, aber Nancy Turner war plötzlich aus der Stadt gerufen worden, und ihre Mutter, die invalide zu sein schien, fühlte sich der Aufgabe nicht gewachsen, die Leute ohne sie zu unterhalten.

Der kahle Raum mit seiner roten Kanzel und den gelben Sofas wirkte trostlos, trotz der Gruppen geschäftiger Frauen und Mädchen, die sich darin verstreut aufhielten, aber sein abschreckender Einfluss konnte den Fluss der Gespräche nicht bremsen.

»Habt ihr gehört, wohin Nancy Turner gegangen ist?«, fragte eine Frau aus einer Gruppe, in der sie gerade saß. »Sie muss sehr plötzlich gegangen sein.«

»Ich habe nicht gehört, dass irgendwo jemand krank ist«, antwortete eine andere, die sich aber nicht sicher war.

»Vielleicht ist es ihre Tante drüben in Whitneyville«, schlug eine Dritte vor. »Mrs Turner, ihre Mutter, sagte mir im Frühjahr, sie sei sehr schwach.«

»Mrs Turner ist selbst sehr gebrechlich. Es ging ihr nicht gut genug, um heute Nachmittag zu kommen.«

»Wo ist eigentlich ihre Tante Naomi?«, erkundigte sich Mrs Cummings. »Es ist schon fast fünf Uhr, und sie kommt fast immer gegen drei.«

»Oh«, antwortete Mrs Wright mit einem Lachen und ihrem schnellen, hellen Blick, »Sie können sich darauf verlassen, dass sie irgendwo Neuigkeiten hört. Sie wird kommen, bevor wir nach Hause gehen, und etwas Wunderbares zu erzählen haben.«

Wie zur absichtlichen Bestätigung der Worte erschien in diesem Moment Tante Naomi in der Tür. Ihr scharfsinniges altes Gesicht zeigte Zufriedenheit in jeder Falte, und unter dem zuverlässigen Schleier aus grünem Barège, der von ihrer Haube über den linken oberen Gesichtswinkel gezogen war, sah man ihre Augen förmlich funkeln. Sie warf einen bedächtigen Blick in den Raum und bewegte sich dann mit ihrem eigentümlich schaukelnden Gang zu der Gruppe, die über ihre Abwesenheit diskutiert hatte.

»Guten Tag, Tante Naomi«, begrüßte Mrs Cummings sie. »Wir haben uns gerade gefragt, was aus Ihnen geworden ist.«

»Und ich habe gesagt«, fügte Mrs Wright keck hinzu, »dass Sie sicher eine wunderbare Neuigkeit erhalten haben und uns mitbringen.«

Tante Naomi warf ihren Schal mit einer heuschreckenartigen Bewegung ihrer Ellbogen hinter sich und setzte sich mit einem breiten Grinsen hin.

»Nun, dieses Mal haben Sie recht«, sagte sie. »Ich habe gehört, was die alte Lady Andrews von ihrer Reise erzählt hat.«

»Die alte Lady Andrews?«, wiederholten die Damen. »Ist sie nach Hause gekommen?«

»Ja; sie kam heute Mittag hier an.«

»Und niemand außer Ihnen wusste es!«, kam es aus Mrs Cummings heraus.

Sie alle betrachteten Tante Naomi mit unverhohlener Bewunderung und erkannten in jedem Blick ihre Klugheit an, das zu entdecken, was dem Rest des Dorfes verborgen geblieben war.

Sie lächelte breit und schien den süßen Duft dieser Überraschung und ihrer Huldigung einzusaugen, wie ein Götze die dankbaren Dämpfe des Weihrauchs einatmen würde.

»Hat sie den Körper mit nach Hause gebracht?«, fragte Mrs Cummings nach einem Moment mit angemessen gesenkter Stimme.

»Ja, das hat sie«, antwortete Tante Naomi mit einem spaßigen Kichern, das fast unanständig schien. »Sie hat Freunde in Washington – ihr Mann hatte dort Cousins und Cousinen, wie Sie wissen – und schließlich kam sie der Sache auf die Spur.

»Wo wurde er begraben?«

Tante Naomi hielt inne, um mit dem Fuß zu wackeln und am Zipfel ihres grünen Schleiers zu knabbern, so wie sie es in Momenten der Aufregung immer tat. Sie sah sich mit offensichtlicher Freude an der Situation um.

»Er wurde nirgendwo begraben«, sagte sie mit einem Grinsen.

»Warum nicht?«, fragte Mrs Wright aufgeregt.

»Weil er nicht tot war.«

»Nicht tot war?«

»Nein; nur gefangen genommen. Er wurde verwundet und war im Libby*.«

[* Kriegsgefangenenlager der Südstaaten in Richmond, Virginia]

»Wie geht es ihm jetzt?«

»Oh, jetzt geht es ihm gut. Er kommt hierher, um sich zu zeigen und seine Freunde zu sehen.«

Die Worte waren kaum gesprochen, als in der Tür die bekannte Gestalt von Archie Lovell erschien.

Er trug die Uniform eines Leutnants, er war blass und abgekämpft, aber schöner denn je. An seinem Arm hing ein errötetes Fräulein mit einem Hut mit weißer Feder, ihr Gesicht war voll von Lächeln und Grübchen.

Ein Aufschrei ging durch den ganzen Raum.

»Das ist ja Archie Lovell!«

Es folgte fast sofort ein weiterer –

»Und Nancy Turner ist bei ihm!«

»Nein, es ist Nancy Lovell«, verkündete Tante Naomi mit einer Stimme, die in der ganzen Sakristei zu hören war. »Sie haben in Boston geheiratet.«

Das verheiratete Paar kam heran. Überall im Raum erhoben sich die Damen, aber anstatt die Neuankömmlinge zu begrüßen, sahen sie die 'drei Witwen' an und warteten, als wollten sie ihnen zuerst die Gelegenheit geben, ihren Freund anzusprechen, der wie aus dem Grab zurückgekehrt war und so unpassend eine ihrer Freundinnen als seine Frau mitbrachte.

Miss Burrage und Miss Foster versteckten sich hinter den Rücken derer, die ihnen am nächsten standen, aber Mattie Seaton stürmte impulsiv nach vorne und streckte ihre Hand herzlich aus. Ihr scharfes schwarzes Haar kräuselte sich um ihre Schläfen, ihre Augen leuchteten, und ihre Zähne blitzten zwischen ihren roten Lippen.

»Ach, Archie, mein Lieber«, sagte sie mit ihrer klaren, klangvollen Stimme, »wir dachten, wir hätten dich für immer verloren. Wir alle dachten, du seist tot, und hier bist du wieder und 'nur' verheiratet. Ich möchte dir gratulieren, obwohl es dir, nachdem du mit so vielen Mädchen verlobt warst, seltsam vorkommen muss, nur mit einer verheiratet zu sein.«

»Und du Nancy«, fuhr sie fort, bevor Archie etwas anderes erwidern konnte, als die Hand zu schütteln; »wenn ich daran denke, dass du ihn doch noch bekommen hast, nur weil du vorausgegangen bist und ihn gefangen hast! Ich gratuliere dir von ganzem Herzen, aber behalte ihn im Auge. Er wird mit jeder Frau, die er sieht, Liebe machen wollen.«

Sie beugte sich vor und küsste die Braut, bevor die neue Mrs Lovell ihre Absicht hätte erkennen können, und drehte sich schnell um.

»Komm Delia«, rief sie durch die Sakristei, »komm Mary! Es bleibt uns nichts anderes übrig, als nach Hause zu gehen und unser schwarzes Zeug auszuziehen. Vielleicht haben wir beim nächsten Mal mehr Glück!«

Mit dieser zweideutigen Bemerkung, die vielleicht so konstruiert worden war, dass sie eine eher böswillige Betrachtung bezüglich der Rückkehr des jungen Leutnants ins Leben war, fegte sie aus der Sakristei, vollkommen Herrin der Lage.

Obwohl Archie Lovell stets energisch leugnete, dass er jemals mit einer anderen Frau verlobt gewesen war, als diejenige, die er geheiratet hatte, herrschte in Tuskamuck allgemein das Gefühl, dass keines der drei Mädchen es mit so großer Souveränität hätte behaupten können, wie es Mattie tat, wenn es nicht besondere Voraussetzungen gegeben hätten, die sie dabei unterstützten.

Aber nie wieder, solange der Bürgerkrieg dauerte, zog ein Mädchen in Tuskamuck für einen Liebhaber Schwarz an, es sei denn, die Verlobung war vor seinem Tod öffentlich anerkannt worden.

EIN TREFFEN DES PARAPSYCHOLOGISCHEN KLUBS

I

Die Sitzung des Parapsychologischen Klubs war bisher ziemlich langweilig gewesen, und gerade, als die müde gewordenen Mitglieder das Ende erwarteten, kam der einzige interessante Moment des Abends.

Die Dokumentationen waren, mehr als sonst, ziemlich fade. Wie man sich zuflüsterte, konnte nicht ein einziger Geist aufgrund von Beweisen nachgewiesen werden. Die vorgebrachten Argumente um die Existenz körperloser Besucher in bestimmten verlassenen und von Ratten heimgesuchten Häusern zu beweisen, waren so schwach wie nie. Im letzten Moment jedoch machte der Präsident, Dr Taunton, eine Ankündigung, die einige Aufmerksamkeit erregte.

»Bevor wir gehen«, sagte er und lächelte dabei mit der Miene eines Mannes, der es verstanden wissen möchte, dass er bei dem, was er sagt, jede persönliche Verantwortung ablehnt, »ist es meine Pflicht, dem Club einen einzigartigen Vorschlag zu unterbreiten, der mir gemacht wurde.«

»Ein Gentleman, den ich nicht die Freiheit habe, bei seinem Namen zu nennen, der aber vielen – vielleicht den meisten von Ihnen – persönlich bekannt ist, bietet an, dem Club eine Demonstration von okkulten Phänomenen zu geben.«

Die Mitglieder wurden ein wenig wachgerüttelt, aber zu viele Vorschläge nicht unähnlicher Art hatten in völligem Misserfolg und Plattheit geendet, als dass man sich sofort dafür begeistern konnte.

»Was sind seine Qualifikationen?«, fragte ein Mitglied.

»Ich hätte mir nicht träumen lassen, dass er überhaupt welche besitzt«, antwortete Dr Taunton und lächelte noch breiter.

»In der Tat, das ist aber für mich das Interessante daran. Ich hatte nie vermutet, dass er auch nur das geringste Wissen oder die geringste Neugier bezüglich solcher Dinge hat, und noch weniger, dass er irgendwelche Kompetenzansprüche bei okkulten Kräfte erhebt. Die Tatsache, dass er ein Mann von so guter Stellung und so bewährtem Verstand ist, was es unwahrscheinlich macht, dass er sich ohne Notwendigkeit lächerlich machen würde, ist der einzige Grund, warum mir sein Vorschlag beachtenswert erscheint.«

»Was gedenkt er zu tun?«

»Das sagt er nicht.«

»Irgendeine Idee muss er doch genannt haben.«

»Er sagte nur, dass er in der Lage sei, einige Tricks vorzuführen – Experimente, glaube ich, war sein Wort; oder nein – er sagte Demonstrationen. Er dachte, das würde die Mitglieder interessieren.«

»Sagte er, warum er sie vorführen wollte?«

»Nichts außer der wenig höflichen Anmerkung, dass er des Unsinns überdrüssig sei, den der Club verbreite, und dass er sich deshalb die Mühe machen wolle, sie eines Besseren zu belehren.«

Die Mitglieder lächelten, aber bei einigen verfärbte sich das Gesicht ein wenig, als ob sie an einer etwas empfindlichen Stelle berührt worden wären.

»Das ist außerordentlich nett von ihm«, bemerkte ein älterer Herr steif.

»Er hat sich bezüglich seiner Bedingungen jedoch sehr deutlich ausgedrückt«, fügte der Präsident hinzu.

Die Mitglieder schienen langsam richtig wach zu werden, und Richter Hobart fragte sofort nach den Bedingungen.

»Das Wichtigste ist«, antwortete der Präsident, »dass seine Identität nicht preisgegeben wird. Ich darf seinen Namen nicht nennen, und er vertraut auf die Ehre eines jeden Mitglieds, das ihn erkennen könnte.«

»Es soll ein Treffen anberaumt werden, wann und wo wir wollen. Er will nicht mehr wissen als die Zeit.«

»Dann soll ich eine Kutsche für ihn schicken, bestimmte Dinge besorgen, von denen er mir eine Liste gegeben hat, ein Zimmer nach seinen

Wünschen einrichten und ihm mein Wort geben, dass kein Bericht über das Treffen in den Zeitungen erscheinen soll.«

»Sind die Dinge, die er wünscht, schwer zu beschaffen?«

»Das hier ist die Liste«, sagte Dr Taunton und nahm ein Papier aus seiner Tasche. »Sie werden sehen, dass alles ziemlich einfach ist.«

»Zwei Ringe aus Eisen, vier oder fünf Zoll im Durchmesser, miteinander verbunden und fest verschweißt.«

»Ein 10-Zoll-Würfel aus hartem Holz.«

»Ein 6-Zoll-Würfel aus Eisen.«

»Ein versiegelter Brief, geschrieben von einem unserer Mitglieder.«

»Eine Schreinersäge«

»Ein kugeliges Goldfischglas von etwa 10 Zoll Durchmesser.«

»Drei kleinere Kugeln, eine gefüllt mit roter, eine mit blauer und eine mit farbloser Flüssigkeit.«

»Eine Waage, auf der ein Mensch gewogen werden kann.«

»Ein Stäbchen mit Siegellack.«

»Ein Blumentopf, gefüllt mit Erde.«

»Ein Orangenkern.«

»Die Gegenstände sind einfach genug«, kommentierte Richter Hobart. »Sind die erforderlichen Arrangements schwieriger?«

»Nein. Er bittet um ein Komitee, um ihn in der Garderobe zu untersuchen, eine mit Glas isolierte Plattform und irgendeine Substanz, die er selbst zur Verfügung stellt. Dazu eine kleine Sache, was die Anordnung der Lichter betrifft, die einfach genug ist.«

Die Mitglieder des Clubs dachten einen Moment lang schweigend nach, denn ergriff Professor Gray das Wort.

»Es hängt davon ab«, sagte er, »was für ein Mensch Ihr mysteriöser Magier ist. Wenn er eine Person ist, der man vertrauen kann, würde ich sagen, verfolgen Sie die Sache weiter.«

»Er ist ein Gentleman«, antwortete der Präsident, »ein Mann mit gesellschaftlichem Ansehen, Geld, Bildung und mit einem guten Ruf in seinem speziellen Wissenszweig sowohl hier als auch in Europa. Wenn ich ihn benennen würde, würden Sie ihm, da bin ich sicher, ohne Frage Gehör schenken.«

»Was ist sein Spezialgebiet?«, erkundigte sich ein Mitglied.

»Ich glaube kaum, dass es fair wäre, wenn ich das sagen würde. Es wäre möglicherweise ein zu guter Hinweis auf seine Identität.«

»Ist es fair zu fragen, ob er mit irgendeinem psychischen Zweig verbunden ist?«

»Nicht im Geringsten. Ich glaube, ich habe zu Beginn gesagt, dass ich ihn nie verdächtigt habe, sich für solche Themen zu interessieren. Er wurde gebeten, diesem Club beizutreten, und hat abgelehnt.«

»Hat er einen bestimmten Grund genannt?«

Der Präsident lächelte spöttisch.

»Er sagte, das wäre zu nicht nütze.«

»Vielleicht zeigt das seinen gesunden Menschenverstand«, bemerkte Richter Hobart trocken. »Ich muss sagen, dass bis jetzt nicht viel zustande gebracht wurde. Was ich aber dennoch nicht verstehe, ist, warum er sich zu diesem späten Zeitpunkt noch für unsere Arbeit interessiert.«

»Darauf ist er nicht eingegangen. Er schien nicht besonders bestrebt zu sein. Er sagte mir lediglich, dass er bereit sei, dem Club bestimmte Dinge zu zeigen, und nannte seine Bedingungen. Das wars dann auch schon.«

»Nun«, bemerkte Richter Hobart mit seiner strammen Offenheit, »ich bin dafür, dass wir ihn holen. Der einzige Grund davon Abstand zu nehmen wäre, dass so viele sonst recht vernünftige Leute den Kopf verlieren, sobald sie versuchen, etwas Psychisches zu untersuchen.«

»Ist das ein Spiegelbild unseres Klubs?«, fragte Professor Gray gutmütig.

Am Ende wurde beschlossen, dass der Präsident beauftragt werden sollte, Vorkehrungen mit dem Unbekannten zu treffen, und es wurde ein Abend für das Treffen gewählt. Der Ort wurde dem Präsidenten überlassen, um ihn den Mitgliedern am vereinbarten Tag vertraulich mitzuteilen. Dann gingen die Herren ihrer Wege, jeder außer dem Präsidenten – der sie bereits kannte – spekulierte über die mögliche Identität des geheimnisvollen Wunderwirkers.

II

Als die Uhr am verabredeten Abend acht schlug, waren die Mitglieder des Clubs alle anwesend. Der Raum, in den sie von Dr Taunton gerufen worden waren, war einfach und mit einem Tisch ausgestattet, vor dem die Sitze in einem Halbkreis angeordnet waren und hinter dem sich ein kleines Podest befand, auf dem ein einzelner Stuhl stand.

Dieses Podest war auf Glasblöcken angehoben, über denen dünne Platten einer Substanz waren, die dem Auge wie eine Art braunes Harz erschien und in dem gelbe Funken wie von winzigen Kristallen zu erkennen waren. Der Stuhl war seinerseits auf die gleiche Weise isoliert. Vor diesem lag für die Füße des Darstellers eine Glasplatte, die mit der gleichen harzigen Substanz bedeckt war. Auf dem Stuhl lag ein dickes Gewand aus gestrickter Seide. Unter dem Tisch war ein Behälter mit den Artikeln, die Präsident aus Liste bei der vorherigen Sitzung vorgelesen hatte.

Die Mitglieder untersuchten alles und fassten auch alles an, außer der Plattform und dem Stuhl darauf. Sie wurden ausdrücklich aufgefordert, diese nicht zu berühren. Um fünf Minuten nach acht hörte man draußen einen Wagen halten, und unmittelbar danach kam der Präsident herein.

»Der Herr ist in der Garderobe«, sagte er, »und ist bereit für die Prüfungskommission. Wenn die Mitglieder sich setzen wollen, werden wir bereit sein, ihn zu empfangen.«

Die Anwesenden nahmen ihre Plätze ein, und es herrschte eine kurze stille Pause. Dann traten Richter Hobart und Professor Gray, die in den Umkleideraum gegangen waren, wieder ein.

Zwischen ihnen befand sich ein großer Mann, gut geformt, eher schlank, aber in seiner Figur einige Anzeichen des nahenden mittleren Alters zeigend. Er trug nur ein einziges Kleidungsstück aus gestrickter Seide. Es war im Rücken geschnürt und saß so eng, dass das Spiel seiner Muskeln so deutlich zu sehen war, wie es bei einer nackten Figur der Fall gewesen wäre. Sein Gesicht war bis zu den Lippen von einer schwarzen Seidenmaske bedeckt.

Der Unbekannte glitt aus den losen Pantoffeln, die er trug, bestieg das Podest, zog sich einen seidenen Morgenmantel über und setzte sich auf den Stuhl.

Richter Hobart gab eine förmliche Erklärung ab, dass der Darstell___ – nein, natürlich ihr Gast – keine Gegenstände noch irgendwelche Apparate an seiner Person verborgen hatte. Dann setzte er sich, und Stille erfüllte den Raum.

»Wir sind bereit«, sagte Präsident Taunton.

Der Fremde glättete die von dem Lächeln gekräuselten Lippen, als Richter Hobart ihn eben schon fast als den 'Darsteller' bezeichnet hatte. Er erhob sich und stellte sich auf die Platte vor seinem Stuhl.

»Ich muss ein oder zwei Worte als Vorrede sagen«, begann er mit kultivierter und angenehmer Stimme.

»Zunächst einmal habe ich kein verborgenes Motiv, heute Abend hierherzukommen. Ich befriedige nicht einmal – wie ich Sie überzeugen werde, bevor wir fertig sind – meine Eitelkeit, indem ich meine Kräfte anpreise.«

»Es schien mir so, dass der Club nicht auf dem richtigen Weg ist, und obwohl es einerseits nicht meine Angelegenheit ist, bin ich an dem Thema interessiert, welches zu untersuchen, wie ich verstehe, das Ziel dieses Gremiums ist.«

»Der Aufsatz von Richter Hobart in einer kürzlich erschienenen Nummer des 'Agassiz Quarterly' hat mich dazu bewogen, ihm zu zeigen, dass bestimmte Kräfte, die er schlüssig als nicht existent nachweisen wollte, dennoch existieren.«

»Da ich vielleicht der Hälfte der Herren in diesem Raum persönlich bekannt bin und wahrscheinlich einige von ihnen nicht selten treffen werde, erlaube ich mir, darum zu bitten, dass, wenn jemand mich zufällig erkennt, er sich an die Bedingung erinnern wird, unter der ich gekommen bin, dass meine Identität verborgen bleibt.«

»Der Präsident«, fuhr er fort, »wird mir recht geben, wenn ich sage, dass ich die Sachen, die für den heutigen Abend vorgesehen sind, noch nicht gesehen habe, und dass ich keine Kenntnis von dem für die Versammlung bestimmten Ort hatte.«

»Den Morgenmantel habe ich ihm geschickt, weil die Knappheit meiner Kleidung ihn eher zu einer Notwendigkeit macht. Ich nehme an, dass er ihn sorgfältig genug untersucht hat, um sicher zu sein, dass er frei von Hexerei und Betrug ist.«

Er hielt einen Moment inne und fuhr dann in einem etwas entschlosseneren Ton fort.

»Eine Sache muss ich noch hinzufügen. Ich lehne es ab, irgendwelche Fragen in Bezug auf die Mittel zu beantworten, welche die Effekte erzeugen, auf die ich Ihre Aufmerksamkeit lenken werde. Diejenigen, von denen ich es gelernt habe, wären hinreichend abgeneigt, dass ich meine Macht überhaupt zur Schau stelle, und gäbe es keinen anderen Grund, so würden ihre Wünsche ausreichen, um mich daran zu hindern, Auskunft oder Erklärung zu geben.«

»Es mag mir nicht alles gelingen, was ich versuchen werde. Ich habe mir ein ziemlich ernstes Abendwerk vorgenommen, besonders für jemanden wie mich, der wie ich unter dafür ungünstigen Bedingungen lebt, und natürlich kann ich keine Hilfe von meinem Publikum erhalten.«

Er zog den Morgenmantel aus und ließ ihn auf den Stuhl fallen. Dann nahm er einen großen Siegelring von seinem Finger und legte ihn zwischen seine Füße auf die Harzplatte.

»Ich möchte Ihnen zuerst zeigen«, sagte der Fremde, »dass ich es, wenn ich wollte, schaffen könnte, Sie zu täuschen, damit Sie denken, dass ich vieles vollbracht habe, was ich nicht wirklich getan habe. Zum Beispiel sehe ich vielleicht für Sie in diesem Augenblick wie ein Elefant aus.«

Die Mitglieder des Psychical Club schnappten erstaunt nach Luft. Ohne Zweifel stand auf der Plattform ein großer weißer Elefant, der seinen rosa Rüssel drehte.

»Oder eine Palme«, hörten sie die Stimme des Fremden sagen, und schon stand kein Elefant mehr auf der Plattform, sondern eine hohe, anmutige Dattelpalme, gekrönt von einem prächtigen Büschel ausladender Wedel.

»Oder Dr. Taunton.«

Die Mitglieder blickten verblüfft auf die Gestalt des Präsidenten, der in seinem Stuhl saß und seine goldene Brille mit der gewohnten Geste drehte und auf sein Double auf dem Podium starrte, das so treu wie ein Spiegelbild dasselbe tat.

»Aber all das ist nur eine Illusion«, fuhr die Stimme fort, »ich bin nichts von alledem.«

Noch einmal sahen sie nur die in Seide gekleidete Gestalt, groß und geschmeidig, die unter der schwarzen Maske lächelte.

»Was ich zu tun behaupte«, fuhr der Redner fort, »werde ich wirklich tun und mich nicht darauf verlassen, ihre Sinne zu täuschen. Ich werde hoffen, Ihnen Beweise und Indizien zu hinterlassen, um dies vollständig zu begründen.«

»Die Schwierigkeit der verschiedenen Zurschaustellungen meiner Kraft ist nicht nach dem äußeren Schein zu beurteilen. Zuerst werde ich Ihnen als Beispiel eine überaus einfache und leichte Sache zeigen.«

»Es ist üblich geworden aus irgendeinem törichten Grund von diesen Phänomenen als ein Beispiel der 'vierten Dimension' zu sprechen. Der Begriff ist wohl so gut oder so schlecht wie jeder andere, denn er vermittelt den Menschen im Allgemeinen keinerlei bestimmte Vorstellung.«

»Ich werde ein einige Herren bitten, mir ein Paar ineinandergreifende Eisenringe zu bringen, die sich, wie ich vermute, unter den vorbereiteten Artikeln befinden. Ich möchte meine Isolierung nicht verlassen, da ich bei späteren Versuchen meine ganze Kraft brauchen werde.«

Die Ringe wurden aus dem Behälter geholt und nach vorne gebracht. Sie waren aus Eisen so dick wie ein Männerdaumen, waren miteinander verbunden und fest verschweißt. Sie auseinanderzuziehen, wäre für ein Gespann starker Pferde unmöglich gewesen. Auf Anweisung des Fremden wurden sie von den beiden Herren vor ihn gehalten.

»Ich habe Dr Taunton gebeten«, sagte er, »die Ringe individuell markieren zu lassen, um jeden Verdacht einer Vertauschung auszuschließen. Ich habe sie nie gesehen.«

Er beugte sich vor und legte seine Hand leicht auf die Verbindungsstelle der Ringe. Sie fielen augenblicklich auseinander. Beide waren unversehrt, und keiner von ihnen zeigte auch nur den geringsten Anschein einer Belastung oder eines Bruchs.

Ein Raunen der Überraschung ging durch den Raum, und dann brachen die Mitglieder des Clubs in herzlichen Beifall aus.

Der Fremde lachte aufrichtig.

»Ich danke Ihnen, meine Herren«, sagte er gut gelaunt, »aber ich bin kein Gaukler.«

Als Nächstes fragte er nach dem Holzwürfel und nach dem versiegelten Brief.

»Ich habe keines von beiden je gesehen«, sagte er, wobei er den Satz fast mit einer mechanischen Gleichgültigkeit wiederholte. »Ich nehme an, dass der Präsident oder die Person, die den Brief geschrieben hat, den Zettel identifizieren kann, wo immer er ihn findet.«

Auf seine Anweisung hin hielt Präsident Taunton den Würfel, auf dem der Brief lag, vor sich hoch. Der Fremde legte seine Hand über den Brief und zeigte dann eine leere Handfläche in Richtung des Publikums. »Sie sehen, ich habe den Brief nicht genommen«, sagte er.

»Wenn die Säge da ist, schneiden Sie bitte den Block in der Mitte entzwei. Schneiden Sie ihn quer zur Faser.«

Während des Sägens zog der Magier seinen Umhang an und setzte sich. Er nahm seinen Siegelring wieder auf und saß mit gesenktem Kopf in seinen Händen.

Als der Block durchgesägt worden war, erschienen plötzlich die Enden des Briefes, in Hälften geschnitten, in der Mitte des Holzes.

»Ich denke«, sagte der Fremde, »dass die beiden Hälften des Briefes ohne Schwierigkeiten aus dem Umschlag herausrutschen werden, und Dr Taunton wird dann sagen können, ob es der Originalbrief ist oder nicht.«

Der Präsident zog mit etwas Mühe die Papierstücke heraus und setzte sie zusammen. Er untersuchte sie kritisch, sogar mit einem Taschen-Vergrößerungsglas.

»Wenn ich nicht schon früher am heutigen Abend getäuscht worden bin und nicht wüsste, dass es vollkommen unmöglich ist«, sagte er, »würde ich sagen, dass dies mein Brief ist.«

»Credo quia absurdum – ich glaube, weil es der Vernunft zuwiderläuft«, zitierte der Fremde. »Sie können die Stücke behalten und nach eigenem Ermessen entscheiden.«

Während er sprach, erhob er sich und warf noch einmal seinen Mantel ab. Der Club wartete atemlos. Er legte den Ring wieder zwischen seine Füße.

»Ich möchte nun«, sagte er, »die drei mit farbiger Flüssigkeit gefüllten Kugeln.«

Diese wurden auf einem Tablett zu ihm gebracht und auf sein Geheiß hin in einem Dreieck dicht nebeneinander platziert.

»Dies ist nur eine weitere der unzähligen möglichen Variationen über die Durchlässigkeit der

Materie und würde in der allgemeinen Nomenklatur unter dem dümmlich verwendeten Begriff 'vierte Dimension' kommen.«

»Ich sagte, dass ich kein Jongleur bin, aber natürlich habe ich einige der Tests ausgewählt, weil sie pittoresk sind und so ein Publikum amüsieren könnten.«

»Sehen Sie!«, sagte er und legte seine Hand auf den oberen Teil der drei Kugeln. Sofort vereinten sie sich, indem die drei Böden näher aneinandergerückt wurden. Jede Kugel behielt perfekt ihre Form, und in den Spalten, die nun durch das Zusammenwachsen des Abschnitts einer Kugel mit dem einer anderen entstanden, hatte die Flüssigkeit den Farbton, der sich aus der Vermischung der Farben der unterschiedlich gefärbten Flüssigkeiten ergab.

Ein Gemurmel ging herum. Einige der Mitglieder erhoben sich, um die Kugeln zu untersuchen.

»Stellt sie auf den Tisch«, sagte der Wundertäter, »dann kann sie jeder sehen.«

»Wir sollen keine Fragen zur Methode stellen«, bemerkte Richter Hobart. »Aber darf man fragen, ob das Experiment einen Widerspruch zu dem alten Gesetz beinhaltet, dass zwei Körper nicht denselben Raum einnehmen können?«

»Ganz und gar nicht«, war die Antwort. »Die moderne Wissenschaft hat deutlich genug gezeigt, dass der Anschein, den Raum zu besetzen, nur bedeutet, ihn zu füllen, wie die Sterne den Himmel füllen. Ich habe diese Tatsache nur ausgenutzt, um mehr Materie in einen definierten Bereich zu pressen.«

Die Mitglieder wurden gebeten, sich wieder zu setzen, dann sagte der Fremde:

»Es könnten beliebig viele Beispiele für diese Kraft angeführt werden, aber diese sollten genügen, es sei denn, jemand möchte lieber an Ort und Stelle einen Test improvisieren.«

»Ich freue mich, dass Sie das sagen«, bemerkte Professor Gray. »Ich unterliege dem Vorurteil, das töricht genug, aber üblich ist, dass ich von Experimenten, die ich selbst ausgedacht habe, mehr beeindruckt bin.«

»Haben Sie etwas dagegen, Sir«, fuhr er fort, »wenn Dr Taunton und ich Taschentücher zusammenbinden und Sie diese trennen, während wir die Enden festhalten?«

»Gewiss nicht«, war die Antwort.

Das Experiment war auf Anhieb erfolgreich und wurde zur doppelten Sicherheit wiederholt.

»Wenn wir nichts anderes zu tun hätten«, bemerkte der Fremde, »könnten wir auf diese Weise endlos weitermachen; aber das ist genug von der sogenannten vierten Dimension. Jetzt sollten wir etwas mit Entwicklung versuchen.«

III

Der mit Erde gefüllte Blumentopf wurde auf die Platte zu den Füßen des Magiers gestellt und der Orangensamen wurde auf die Erde gelegt.

»Man hat eine so geniale Erklärung der Entwicklung einer Pflanze aus einem Samen vorgeführt – oder, genauer gesagt, sie wurde kürzlich wieder vorgenommen – dass Sie nun annehmen könnten, ich hätte alle Teile eines Orangenhains um mich herum verborgen, obwohl meine Kleidung noch nicht zum Verstecken einer Nadel geeignet ist.«

»Wie auch immer, Sie mögen selbst urteilen.«

Er beugte sich vor und drückte mit der Spitze seines Fingers den Samen in die Erde.

»Würde jemand den Topf mit einem Taschentuch abdecken?«, sagte er. »Bitte passen Sie auf, dass Sie weder mich noch den Topf berühren. Halten Sie das Taschentuch nach vorne und lassen es fallen.«

Eines der Mitglieder folgte den Anweisungen, und einen Moment lang saß der Fremde ruhig da, die Augen auf den abgedeckten Blumentopf gerichtet.

Man sah, wie sich die Mitte des Taschentuchs allmählich hob, und als das Tuch nach oben ging, erblickten die erstaunten Augen des Clubs einen glänzenden Trieb, drei oder vier Zentimeter hoch.

Ohne es wieder zu bedecken, fuhr der Magier fort, starr auf die Pflanze zu blicken. Vor den Augen der Zuschauer wurde der Trieb zu einem Strauch, der Strauch zu einem Baum; der Duft von Orangenblüten erfüllte die Luft, und zwischen den glänzenden Blättern begann die goldene Frucht zu schwellen. Es waren nur Minuten vergangen, und doch stand da ein Bäumchen, etwa einen Fuß hoch und mit goldenen Kugeln beladen.

»Nehmt es weg«, sagte der Wundertäter, »und lasst mich ein wenig ausruhen, bevor ich etwas anderes versuche. Sie werden morgen den ausgewachsenen Baum sehen, und ich denke, Sie werden zugeben, dass er zu sperrig ist, um unter diesen Verkleidungen verborgen worden zu sein. Wenn Sie ihn nur für eine optische Täuschung oder das Ergebnis von Hypnose halten, versuchen Sie es morgen mit dem Verstand einer Person, die nicht weiß, wie er erzeugt wurde.«

Er saß einige Augenblicke lang da und versenkte seinen Kopf in den Händen. Dann wurde auf seine Anweisung hin eine Glaskugel von etwa einem Fuß Durchmesser und mit klarem Wasser gefüllt und auf den Tisch gestellt. Die Lichter wurden nun heruntergedreht, sodass der ganze Raum im Schatten lag, mit Ausnahme der Plattform.

»Ich muss Sie bitten, so ruhig wie möglich zu sein«, bat der Magier. »Das Experiment ist schwierig, und durch die Atmosphäre, die mein tägliches Leben umgibt, bin ich nicht in der richtigen Verfassung.«

Die Hände hinter sich verschränkt, sank er auf dem Podest auf die Knie und lehnte sich so zurück, als wolle er mit seinen Daumen auf die großen Zehen drücken.

Die Position war eigenartig und hätte früher am Abend vielleicht ein Lächeln hervorgerufen. Jetzt herrschte für ein paar Augenblicke atemlose Stille.

Dann sprang der Fremde plötzlich zu seiner vollen Größe auf und richtete seinen Zeigefinger mit einer heftigen Bewegung auf die Glaskugel.

Ein Funke violetten Lichts, der dem einer elektrischen Batterie nicht unähnlich war, blitzte von dem ausgestreckten Finger auf die Kugel und man konnte sehen, wie er wie ein Stern inmitten des Wassers stehen blieb.

Aus diesem violetten Zentrum wuchsen mit langsamen, gewundenen Bewegungen zahlreiche Lichtfäden in der Flüssigkeit hervor, bis der Globus mit verworrenen und verschlungenen Fäden gefüllt war, wie die Wurzeln einer Hyazinthe in ihrem Glas.

Langsam, ganz langsam stieg der Kern an die Oberfläche und zog die Fäden hinter sich her. Dann begann sich über dem Wasser ein schwacher Schleier zu bilden.

Mit langsamer Bewegung stieg er auf und nahm nach und nach das Feuer aus den phosphoreszierenden Fasern auf, die ihm als Wurzeln dienten, bis eine schwach leuchtende Säule aus matt glühendem Nebel vier oder fünf Fuß hoch über der Öffnung der Glaskugel auftauchte.

Der Magier machte seltsame Gesten, und in dem Schleier war eine langsame Drehbewegung zu erkennen.

Ohne abrupte oder eindeutig zu erkennende Veränderung verwandelte sich die Säule in ihrer Form, bis immer deutlicher eine Ähnlichkeit mit einer menschlichen Gestalt zu erkennen war.

Er erhob sich zu seiner vollen Größe und streckte beide Hände nach der Gestalt aus. Langsam löste sie sich vom Wasser und von der Kugel und schwebte in der Luft, die vollkommene Gestalt einer Frau, durchsichtig, schwach leuchtend, aber mit einem weniger kalten Schimmer als am Anfang.

Einer der Männer holte mit einem tiefen und hörbaren Einatmen Luft. Die Gestalt schwankte, und ein anderer Zuschauer rief impulsiv: »Schweigen Sie!«

Das Wort schien den Bann zu brechen. Die wunderbare, visionäre Gestalt zitterte, bebte, und ihre erlesene Schönheit zerfloss in der Luft.

Der Magier nahm mit sichtbarer Enttäuschung wieder seinen Platz ein.

»Es tut mir leid«, sagte er. »Ich bin schon etwas müde, und Sie haben meine Aufmerksamkeit abgelenkt. Das Experiment ist fehlgeschlagen. Ich bitte Sie, das Licht aufzudrehen.«

Ein Gemurmel der Enttäuschung ging durch den Raum.

»Es tut mir leid«, wiederholte er. »Ich hätte Ihnen deutlicher sagen müssen, dass absolute Ruhe notwendig ist. Ich bin nicht in der Lage, das Ganze noch einmal von vorne zu beginnen. Lassen Sie mich Ihnen das Gegenteil zeigen – die Desintegration. Es ist leichter, abzureißen als aufzubauen.«

Der Eisenblock, um den er gebeten hatte, wurde auf seine Anweisung hin vor dem Podest auf den Boden gelegt. Der Magier saß einen Moment lang mit geschlossenen Augen da, die Hände mit den Handflächen auf den Knien.

Dann zeigte er mit einer abrupten Bewegung mit den beiden zusammengepressten Zeigefingern auf den Würfel. Ein pistolenartiger Knall ließ die Mitglieder aufschrecken als das massive Eisen zitterte und zu fast ungreifbarem Staub zerfiel.

Die Mitglieder des Clubs drängten sich alle zusammen zu der Stelle hin.

»Bitte fassen Sie meine Plattform nicht an«, bat er, wie schon früher am Abend. »Ich muss Ihnen noch etwas zeigen.«

IV

»Levitation ist ein Phänomen, das häufig genug vorkommt«, sagte er einleitend, »aber unsere Untersuchung wäre keineswegs vollständig ohne sie. Natürlich berühre ich nur ein paar der weniger subtilen Prinzipien, die dem zugrunde liegen, was gemeinhin fälschlicherweise als Okkultismus bezeichnet wird; aber dies ist eines der offensichtlichen.

Bitte lassen Sie einen schweren Mann auf die Waage treten.«

Richter Hobart wurde mit einigem Gelächter überredet, seinen Platz auf der Plattform der Waage einzunehmen, und die Nadel auf der Skala zeigte ein Gewicht von zweihundertsechs Pfund an.

»Wollen Sie jetzt noch einmal nachsehen?«, fragte der Fremde den Herrn, der die Zahl abgelesen hatte.

»Er wiegt ja gar nichts mehr!«, rief der Mann aus, der die Waage vorher kontrolliert hatte.

»Sein Gewicht hat die Waage beschädigt«, erklärte ein anderes Mitglied.

»Man könnte meinen«, fuhr der Magier fort, »dass ich die Feder verhext habe. Kann jemand den Richter anheben?«

Professor Gray, der zufällig am nächsten stand, streckte eine Hand aus und hob den ehrwürdigen

Richter mit solcher Leichtigkeit an, als hätte er ein Taschentuch aufgenommen. Als er sein Opfer am Kragen packte, wirkte das nicht gerade feierlich.

»Was machen Sie da, Sir?«, fragte der Richter. »Lassen Sie mich runter, Sir, sofort.«

Der Fremde machte ein kleines Zeichen mit seiner Hand. Der Professor sah und verstand. Anstatt Richter Hobart abzusetzen, stieß er die rundliche Gestalt leicht herum. Der Richter fand sich, wahrscheinlich mehr zu seinem Erstaunen als zu seiner Zufriedenheit, in der Luft schwebend wieder, mit dem Kopf an der Decke und mit den Beinen hoffnungslos paddelnd, als ob er schwimmen lernen würde. Die anderen Mitglieder schrien vor Lachen.

»Das reicht«, sagte der Magier. »Ich hatte nicht vor, die Sache in eine Farce zu verwandeln.«

Die schwerfällige Gestalt des Richters Hobart schwebte sanft zu Boden; sein Gesicht zeigte eine wunderbare Mischung aus Verwirrung, verletzter Eitelkeit und Erleichterung.

»Es ist sehr warm an der Decke oben im Zimmer«, sagte er und wischte sich über die rote Stirn; »sehr warm. Wärme steigt so auf.«

»Es gibt manchmal auch andere Dinge die aufsteigen«, sagte jemand.

Alle lachten, und dann kamen die Mitglieder wieder zur Ruhe und hörten dem Zauberer zu.

»Es gibt zahlreiche Beispiele dieser Art, aber eines ist so gut wie viele. Das Prinzip ist überall dasselbe. Levitation ist wirklich eine zu einfache Angelegenheit um mehr von unserer Zeit zu beanspruchen.«

»Das Transportieren von Materie durch den Raum und durch andere Materie ist interessanter und wichtiger. Es ist auch schwieriger und folglich weniger verbreitet.«

»Vor einiger Zeit wurde in London als Test für die Realität des Okkultismus vorgeschlagen, dass man ein Exemplar einer indischen Zeitung eines bestimmten Datums in London vorlegt, an demselben Tag, an dem diese in Kalkutta gedruckt wird.«

»Diejenigen die Werbung für sich selbst machen und Kräfte vorgeben, die sie nicht haben, hatten sich vor diesem Test gedrückt, und diejenigen, die zu so einem Kunststück fähig waren, hatten kein Interesse, solcherlei Schauspiel zu unterstützen.«

»Dass die Sache aber leicht möglich gewesen wäre, ist die letzte Tatsache, mit der ich Sie heute Abend behelligen will.«

»Erlauben Sie mir, Ihnen ein Exemplar der 'London Times' von heute Morgen anzubieten.«

Während er sprach, flatterte eine Zeitung aus der Luft herunter und fiel auf den Tisch. Der Fremde sah, wie Richter Hobart eine Bewegung machte, um sie zu untersuchen.

»Lassen Sie sie mich die Zeitung erst versiegeln«, sagte er, »das macht eine zukünftige Identifizierung sicherer. Bitte legen Sie sie zusammen mit dem Siegelwachs auf die Plattform.«

Als dies geschehen war, nahm er das Wachs und hielt es über das Papier. Das Wachs schmolz ohne sichtbare Ursache und fiel auf den Rand der Zeitung. Der Magier beugte sich vor, drückte sein Siegel in die rote Masse und warf dann die Zeitung wieder auf den Tisch.

»Es wird leicht sein«, bemerkte er, »diese mit einer Kopie zu vergleichen, die auf dem gewöhnlichen Weg gekommen ist. Man muss Ihnen nicht erklären, mit welchen Mitteln dies sicherzustellen und zu identifizieren ist. Das Experiment mag Ihnen einfach erscheinen, aber ich versichere Ihnen, dass es so schwierig ist, dass Sie nicht hoffen können, es ohne eine Vorbereitung zu wiederholen, die Sie ziemlich beschwerlich finden würden.«

Er erhob sich, während er sprach, und zog sein Gewand über sich.

»Ich habe Ihnen zu danken«, fuhr er fort, »für Ihre Geduld und Aufmerksamkeit.«

»Da ich so viele von Ihnen nicht selten treffe, ist es besser, dass ich mehr ihrer verbindlichen Zusage vertraue, mich nicht zu nennen, als ihrer Unwissenheit.

Während er das sagte, zog er die schwarze Maske ab, und mit Schreien der Überraschung rief mehr als die Hälfte der Mitglieder des Clubs den Namen eines der bekanntesten Clubmitglieder der Stadt, eines Mannes, der den Osten ausgiebig bereist hatte, eines Mannes, der seine Fähigkeiten durch hervorragende Verdienste in der Literatur bewiesen hatte, eines Mannes von Reichtum und Muße und von einem dominanten Charakter. Er lächelte ruhig, setzte die Maske ab und stand einen Moment schweigend da.

»Das ist alles«, sagte er.

Dann winkte er mit einer eigenartigen Geste über die Gesellschaft hinweg und wiederholte einige Worte in einer unbekannten Sprache.

Er trat von der Plattform herunter und ging leise aus dem Raum.

Aber durch diese Geste oder diesen Zauber hatte er eine seltsame Wirkung auf ihre Sinne ausgeübt, denn von diesem Moment war kein Mann unter ihnen allen – nicht einmal der Präsident – jemals in der Lage gewesen, sich daran zu erinnern, wer ihre Bekanntschaft war, die an diesem Abend solche Wunder vor den Augen der erstaunten Mitglieder das Parapsychologischen Klubs vollbracht hatte.

TIM CALLIGANS BEERDIGUNGSGELD

I

»Es war eine dumme Sache, irgendwo aus einem Boot gekippt zu werden«, sagte Tim Calligan zu seinem Kreis von Mitrentnern, die auf der Dartbank-Armenfarm lebten, »ich, der ich seit dem Tag, an dem meine Mutter mich entwöhnt hatte, auf dem Wasser war wie eine Welle – Gott hab sie selig, und sie war die anständigste Frau, die je im County Cork geboren wurde.«

Tim erzählte wieder einmal die oft gehörte Anekdote von seinem Entkommen vor dem Ertrinken, eine Geschichte, die sie liebten und die er gerne von sich gab.

Der alte Mann hatte eine fruchtbare keltische Fantasie, und seine Erzählungen waren üppig und wuchsen immer weiter an.

»Da war ich also und ging unter wie ein blindes Kätzchen in einem Teich. Viele von ihnen habe ich in diesem Fluss in das Fegefeuer der Katzen geschickt, aber es gibt kein Fegefeuer für Katzen, da sie keine Seelen haben, denn sie haben neun Leben, und da das so viele sind, würden sie gute christliche Seelen im Paradies bedrängen, gesegnet seien die Heiligen, dass sie das verhindert haben.«

»Ich konnte meinen Kopf nicht mehr über Wasser halten«, fuhr Tim fort, »als ob er ein Stein wäre.«

»'Auf Wiedersehen, Tim, mein Junge'«, sagte ich zu mir selbst. 'Diesmal bist du weg', sagte ich zu mir.«

»'Und ich werde nichts vermissen, wenn ich nicht bei deinem Leichenschmaus bin, denn es wird keinen Leichenschmaus geben, und wenn es einen gäbe', sagte ich, immer noch zu mir selbst, 'dann gäbe es hier in diesem verfluchten Bach nichts zu trinken als Wasser', und dann ich ging hinunter wie der Butterstößel in einer Milchkanne.«

»'Heilige Brigida', denke ich, 'wie weit ist es wohl bis zum Grund dieses verdammten Flusses. Wahrscheinlich geht es bis nach China', denke ich, 'und einer dieser blutigen, ketzerischen Heiden wird mich bald mit seinen mäusefressenden Händen packen. Aber es ist besser, von einem ketzerischen Heiden herausgezogen zu werden, als drinnen zu bleiben und klatschnass zu sein.'«

»Dann ging ich wieder hinauf wie eine Gondel auf einem Jahrmarkt, und ich fühlte ein Feuer, das in meinen Augen blitzte.«

»'Das ist Widdy Malonys Haus', dachte ich mir, denn mit all dem Wasser im Mund konnte ich nicht mehr zu mir selbst sprechen. Es wird bis auf den Grund abbrennen und ich verpasse den Spaß.'«

»'Die gesegneten Heiligen werden der armen Frau aber helfen, wenn sie aus Haus und Heim vertrieben wird, um einen Happen zu essen und Suppe für ihre Kinder zu bekommen, wie ein Streifenhörnchen es tut', dachte ich.«

»Ich hätte sie selbst schon längst geheiratet, wenn sie weniger Kinder gehabt hätte. 'Ich wollte schon eine fertige kleine Familie haben', sagte ich zu mir selbst, als ich im Wasser hoch und runtergeworfen wurde wie ein Knödel in der Brühe.«

»Es ist aber jämmerlich, wenn man sich vorstellt, dass ihr Haus über ihrem Kopf abbrennt und der Mann, der sie zu Frau Calligan hätte machen können, hier in Sichtweite der Flammen ertrinkt und niemand etwas tut, um ihn zu retten – gelobt sei das Werk Gottes.«

»'Jetzt wäre es besser für uns beide, wenn sie mehr Wasser und ich mehr Feuer hätte', sagte ich in meinen Gedanken. Und die ganze Zeit über gab es aber überhaupt kein Feuer, sondern nur die gesegnete Sonne, die ich nie wieder gesehen hätte, wenn ich nicht gerettet worden wäre, und sie leuchtete und spiegelte sich von den Fenstern im Haus der Witwe zurück in meinen Augen.«

Die Erzählung währte noch lange, denn sie enthielt eine Aufzählung aller Empfindungen und Gefühle, die Tim wirklich erlebt hatte, und all diejenigen, die er sich im Laufe der langen Jahre ausgedacht hat, so wie sie hätte erleben können. Da aber auf der Armenfarm die Zeit kein Thema war, außer bei den gelegentlichen Schlachtungen, war jedoch die Länge der Geschichte ihr bester Teil.

»Und dann«, beendete Tim schließlich seine Erzählung, »fühlte ich, wie mir der ganze Scheitel vom Kopf gezogen worden ist, während ich weich und leicht auf dem Grund des Wassers lag.«

»Ich dachte an gar nichts, sondern dachte nur daran, wie weich der Schlamm da unten war, und ich bedauerte Pat Donovan, dass er nie den Viertel-Dollar zurückbekommen würde, den ich ihm schuldete.«

»'Das wird der Tod oder der Teufel sein, mein Junge', dachte ich mir, und dann machte ich keine weiteren Bemerkungen mehr zu mir selbst, weil die Seele aus meinem Körper gewichen war.«

»Und die ganze Zeit über war es aber nur Bill Trafton, der mich bei den Haaren gepackt hatte, weil er nach mir tauchte, kurz nachdem ich tot war und mich nach oben gezogen hatte, als ich mich nicht mehr von unten bewegen konnte und wahrscheinlich jede Minute sterben würde, außer dass ich schon tot war.«

»Und er rettete mir das Leben, und ich sage euch, dass die Seele schon friedlich aus mir herausgegangen war. Aber, heilige Mutter, wie kann ich den Schmerz beschreiben, als sie zurückkam!«

»Es war wie das widerwillige Sträuben eines Schweins, um meine Seele von dem Ort zurückzuholen, an den sie gegangen war, und sie rieben mich, um ihr zu zeigen, wie sehr sie sich um mich kümmern würden, und überredeten sie zwei endlos lange Stunden lang.«

Als die Erzählung endete, wurden die bleichen Augen eines der Zuhörer von einem hellen Wagen angezogen, der auf den Weg am Fuße des langen Hangs eingebogen war, auf dem das Armenhaus stand.

»Da kommt jemand«, bemerkte der alte Simeon bedächtig. »Wahrscheinlich ist es der neue Aufseher.«

»Ja, das ist er«, stimmte Tim zu. »Das ist Dan Springer.«

»Ich dachte mir schon, dass er kommen würde«, kommentierte Grandsire Welsh mit einem senilen Kichern. »Huldy und Sam sind versetzt worden.«

Huldy und Sam – mit richtigem Namen Mr und Mrs Dooling – waren das keineswegs unwürdige Paar, das für die Armenfarm verantwortlich war.

»Hast du neulich nicht gesagt«, fragte der alte Simeon, »dass du unbedingt den Aufseher sehen willst?«

»Ich sehne mich gerade nach ihm«, antwortete Tim.

Die alten Männer saßen schweigend da und beobachteten das Herannahen des Besuchers, der an den Festmachpfosten in ihrer Nähe heranfuhr und mit einer Lebhaftigkeit, welche die alte Gruppe fast erschreckte, von seinem Wagen sprang.

»Recht flink«, kommentierte der alte Simeon. »Ich habe allerdings auch schon Zeiten erlebt, in denen ich genauso rüstig war.«

Springer band sein Pferd fest und kam auf sie zu.

»Wie gehts, Jungs?«, sagte er fröhlich. »Wie gehts?«

Der Kontrast zwischen seiner großen, kräftigen Stimme und dem dünnen, zittrigen Ton, mit dem sie ihm antworteten, war rührend.

Er verweilte einen Moment, dann wandte er sich ab, um ins Haus zu gehen. Tim erhob sich und humpelte rheumatisch hinter ihm her.

»Psst!, Mr Springer«, rief er, »würden Sie vielleicht noch ein bisschen warten, bis ich ein Wörtchen mit Ihnen gesprochen habe?«

»Nun, was kann ich für dich tun?«, fragte Springer gutmütig. »Behandelt man dich nicht gut?«

Der alte Mann nahm ihn am Arm und zog ihn um die Hausecke, weg von den neugierigen Blicken seiner Gefährten.

»Still«, sagte er mit einem seltsamen und plötzlichen Anflug von Erregung. »Warten Sie, bis ich es Ihnen erzählt habe. Euer Ehren wird sich daran erinnern, dass ich Ihnen *vertraue*. Ich *vertraue* Ihnen, und Sie werden keinen alten Mann verraten.«

»Ich werde heute dreiundneunzig«, fügte er mit einem Anflug von Stolz hinzu, der zugleich skurril und pathetisch war.

»Bist du wirklich schon so alt? Nun, ich würde dein Geheimnis bewahren, auch wenn du doppelt so alt wärst«, gab Springer mit plumper, aber freundlicher Scherzhaftigkeit zurück.

Tim richtete sich auf, bis er fast gerade stand.

»Es ist das Geld«, flüsterte er, »das Geld, das ich für meine Beerdigung gespart habe.«

Er drehte sich um und streckte seinen dünnen, blutleeren Finger in Richtung der trostlosen Anhäufung von Hügeln am Hang, wo die Toten der Armenfarm vermoderten.

»Dort werde ich einmal nicht liegen«, sagte er mit heiser und betonter Stimme. »Ich habe zusammengekratzt und zusammengekratzt und gespart und gespart, und es ist das bisschen Geld, das ich habe, um ein Stück geweihten Bodens drüben in Tiverton zu bezahlen.«

»Ihr werdet mich nicht hier ablegen, wenn ich weg bin! Ich werde mich hier nicht ausruhen! Meinen Leuten wurde auf der Alten Insel Respekt entgegengebracht und sie sind nicht ohne Adel, und es gibt niemanden von ihnen außerhalb des geweihten Bodens. Ihr müsst mir versprechen, dass ich auf dem Friedhof drüben in Tiverton beerdigt werde, und ich habe das Geld, um das zu bezahlen.«

Springer war so emotionslos und fantasielos, wie ein herzhafter, praktischer, wohlgenährter Mann nur sein konnte, aber als er die Tränen in den trüben Augen des alten Bettlers sah und die Leidenschaft in seinem Tonfall hörte, konnte er nicht anders, als gerührt zu sein.

Er hatte zuvor schon einmal etwas von dieser Sache gehört. Seine Vorgänger im Amt hatten Tim und seine zwanzigjährigen Ersparnisse erwähnt, aber die Chancen eines Bettlers in Dartbank auch nur einen Penny aufzutreiben, waren so gering, dass der Vorrat selbst nach so langer Zeit nicht groß sein konnte. Ab und zu hatte aber irgendeine wohltätige Seele dem alten Mann eine Kleinigkeit gegeben. Man empfand auch eine vage Sympathie für die pathetische Sehnsucht nach einem Grab in geweihter Erde, selbst unter den Dorfbewohnern, welche die Idee an sich für blanken Aberglauben hielten.

»Es ist in Ordnung, Tim«, sagte der Aufseher. »Wenn du von uns gehst, während ich das Sagen habe, werde ich selbst dafür sorgen. Wenn du dich drüben in Tiverton wohler fühlst, werden wir dich dort hinlegen.«

»Ich danke Ihnen sehr«, antwortete Tim. »Die Calligans waren schon immer anständige, gottesfürchtige Leute, und ich selbst würde den Namen nur ungern entehren, wenn ich am Tag des Jüngsten Gerichts aus diesem unheiligen Friedhof herauskriechen würde und es alle Welt sehen kann.«

»Ich könnte es nie so heimlich machen, denn die O'Tools und die O'Hooligans würden mir nachspionieren. Sie waren immer so verrückt vor Neid auf die Calligans, dass sie die Nachricht im ganzen Himmel verbreiten und Schande über meine ganze Verwandtschaft bringen würden.«

Der Aufseher lachte und entgegnete, wenn Tim das Geld dafür zurückgelegt hätte, würde er sicher dafür sorgen, dass sein Grab in der geweihten Erde des Kirchhofs von Tiverton angelegt wird.

Dann ging er mit flottem Schritt weiter, um sich um die schmutzigen Angelegenheiten seines Büros zu kümmern.

Die lästigste Angelegenheit davon wurde bis zum Schluss aufgeschoben:

»Was das Trafton-Kind angeht«, sagte er zu Huldy und Sam, »so sehe ich nicht, dass etwas getan werden kann. Ich habe mit den Stadträten darüber gesprochen, und sie sind der Meinung, dass die man die Stadt nicht auffordern könnte, fünfundzwanzig Dollar zu zahlen, wenn hier ein Platz für das Kind umsonst ist.«

»Das habe ich Louizy auch gesagt«, erwiderte Huldy. »Ich habe gesagt, dass sie das sagen würden, und Louizy ist jetzt ziemlich niedergeschlagen.«

Springer bewegte sich unruhig oder ungeduldig in seinem Sitz, sodass der alte Holzstuhl unter dem Gewicht seiner stattlichen Person knarrte.

»Ich weiß, dass sie am Boden zerstört ist«, sagte er, »wenn ich es mir leisten könnte, würde ich das Kind selbst zu ihren Verwandten schicken, aber ich kann es nicht, und ich sehe keinen Ausweg, als dass das Mädchen zu Lizy Ann Betts gehen muss. Vielleicht wird sie nicht so hart zu ihr sein.«

»Hart zu ihr?«, schniefte Huldy, »sie wird sie einfach umbringen, das ist alles.«

Auf das Wort hin drängte sich eine elend aussehende Frau in die Küche, als hätte sie an der Tür gelauscht. Es war Louizy, die Mutter des Kindes. Sie hielt ihnen eine vom Feuer verdorrte und verschrumpelte rechte Hand entgegen.

»Oh, Mr. Springer«, brach es aus ihr heraus, und die Tränen liefen ihr über die Wangen. »Schicken Sie meine Nellie nicht in die Gefangenschaft bei dieser Frau! Sie ist alles, was ich auf der Welt habe. Sie war nie bedürftig gewesen, bis ich mich verbrannt hatte. Schicken Sie sie zu meinen Leuten nach Connecticut, die werden sie wie ihr eigenes Kind behandeln.«

Sie sank plötzlich nieder, als ob ihre Kräfte versagten, und saß steif und verzweifelt da, mit wilden, flehenden Augen.

»Es ist schwer, ich weiß«, antwortete Springer unbeholfen, »aber Nellie wird in ihrer Nähe und nicht in Connecticut sein. Lizy Ann Betts ist keine schlechtherzige Frau. Sie wird sich gut um das Kind kümmern, hoffe ich.«

»Sie wird sich gut um sie kümmern?«, rief die Mutter schrill und erhob sich mit plötzlicher Heftigkeit. »Hat sie es gut gemacht mit dem letzten Mädchen, das von diesem Hof bekommen hatte? Hat sie sie nicht umgebracht?«

»Na, na, Louizy«, warf Huldy ein, »es hat keinen Zweck, einen Aufstand zu machen. Was die Männer sagen, die das bestimmen, das sagen sie, und – «

Sie wurde durch einen Schrei von draußen unterbrochen, und im nächsten Augenblick wurde die Tür vom alten Simeon aufgerissen, der mit wild fuchtelnden Armen und unheimlich wirkendem Gesicht rief:

»Um des Herren willen, der alte Tim hat einen Anfall!«

II

Die Schilderung des alten Simeon und Grandsire Welsh über Tims Anfall war so, dass er vor dem Küchenfenster gesessen hatte, wo sie alle mit Interesse dem Gespräch drinnen gelauscht hatten, als er plötzlich die Arme hochgeworfen und geschrien hatte, dass er es nicht schaffen könne und in einem Anfall zusammengebrochen war.

Niemand auf der Armenfarm konnte wissen, dass Tim in der Krise eines schweren seelischen Kampfes steckte, der schon seit Tagen andauerte.

Schon oft hatte er den bitteren Worten von Mrs Louizy Trafton zugehört und mit ihrem Kummer um ihr Kind mitgefühlt, und die ganze Zeit, in der er zugehört hatte, war er sich insgeheim bewusst gewesen, dass der kleine Betrag, den er für seine Beerdigung gesammelt hatte, Nellie vor Mrs Betts retten würde, einer üblen Spitzmaus, die in der ganzen Gegend für ihre Grausamkeit berüchtigt war.

Er erinnerte sich auch daran, dass Louizy Mann Bill Trafton ihn vor dem Ertrinken gerettet hatte und dass die böse Mrs Betts den 'Verdienst' hatte, den Tod des letzten ihr anvertrauten Kindes verursacht zu haben.

Dagegen wog er den Schrecken ab, am Jüngsten Tag aus den ungeweihten Gefilden des Dartbank Potter's Field aufzustehen. Der seelische Konflikt war zu viel für ihn gewesen, und der Appell von Mrs Trafton an den Aufseher hatte den alten Tim ganz aus der Bahn geworfen.

Tim wurde ins Bett gebracht und kam mit der Zeit wieder zu Sinnen, obwohl er sehr schwach war. Mrs Trafton erklärte sich bereit, in dieser Nacht bei ihm zu wachen, und so kam es, dass sie um Mitternacht in der kahlen Kammer saß, in der der alte Tim lag.

Als die Stunden verstrichen, schien Tim bald wieder viel fröhlicher zu sein und bat sie, mit ihm zu reden, um sich die Zeit zu vertreiben; aber das einzige Thema, das sie im Kopf hatte, war ihr Kind.

»Wenn Nellie bei meiner Familie wäre«, sagte sie, »könnte ich versuchen es zu ertragen, von ihr getrennt zu sein; aber es bringt mich einfach um, wenn diese Mrs Betts sie hungern lässt und sie schlägt, wie sie es mit den anderen gemacht hat. Sie würde Nellie umbringen.«

Tim bewegte sich unruhig im Bett.

»Aber du würdest das Kind hier sehen können«, murmelte er schwach.

»Ich würde sie nicht mehr sehen, als wenn sie bei meinen Leuten wäre«, gab Louizy bitter zurück, »aber ich würde nur wissen, wie sie leidet.«

Der kranke Mann antwortete nicht. Er wandte sein Gesicht der Wand zu und lag still da.

Nach einiger Zeit zeigte sein regelmäßiges Atmen, dass er schlief, während die Frau, die bei ihm Wache hielt, in hoffnungslosem Kummer vor sich hin brütete.

Schließlich wurde Tim unruhig und begann im Schlaf zu murmeln.

»Das arme Geschöpf hat einen schlechten Traum«, sagte Louizy zu sich selbst, als seine Worte immer heftiger und wilder wurden. »Ich frage mich, ob ich ihn nicht besser wecken sollte.«

In ihren Gedanken debattierte sie noch mit sich, als Tim einen plötzlichen Schrei ausstieß und sich im Bett aufsetzte. Er zittere an allen Gliedern und sein Gesicht sah grässlich aus.

»Oh, ich will, ich will!«, rief er aus. »Ich will, so wahr mir die heilige Maria helfe!«

»Tim, Tim, was ist denn los?«, fragte die Frau an seinem Bett.

Der alte Mann umklammerte einen Moment lang verzweifelt ihre Hände, dann schien er ein wenig zur Vernunft zu kommen. Er sank wieder in sich zusammen und schloss die Augen. Eine Zeit lang lag er schweigend da. Dann sagte er mit seltsamer Feierlichkeit –

»Ich hatte heute Nacht eine Vision, Louizy.«

Sie glaubte, dass seine Gedanken noch immer umherirrten, aber nach einem Moment fuhr er mit mehr Ruhe fort: »Ich werde es euch allen erzählen, Louizy. Gebt mir etwas zu essen, bis ich wieder bei Kräften bin. Jetzt bin ich nicht stärker als ein blindes Kätzchen, das gerade geboren worden ist.«

Sie gab ihm Nahrung und Aufputschmittel, und Tim erzählte schwach und mit vielen Pausen seinen Traum.

Die Kraft eines natürlichen dramatischen Erzählers prägte noch immer seine Rede. Als er aufgeregter wurde, sprach er mit immer mehr Ausdruck, bis er sich im Bett aufsetzte und sich mit einer so klaren Stimme ausdrückte, wie er sie seit vielen Tagen nicht mehr benutzt hatte.

»Es war aber ein fürchterlicher Traum, der mich heimgesucht hat. Ich habe mich mit dem Seligen Petrus von Angesicht zu Angesicht und von Stimme zu Stimme unterhalten.«

»Obwohl ich mich daran gewöhnt habe, weil ich schon einmal durch Ertrinken gestorben war, so war ich diesmal wirklich tot, denn als der Heilige Petrus seine beiden stechenden schwarzen Augen auf mich richtete, konnte ich an seinem Blick erkennen, dass er direkt durch meinen ganzen Körper sah.«

»Das Erste, was ich in meinem Traum gesehen habe, war, dass ich ganz allein auf einer fürchterlichen Straße gegangen bin, die mit Asche und Knochen übersät war, und ich habe gespürt, wie sich mein Rückgrat in meinem Rücken wie eine Raupe auf und ab bewegt hat, sodass mir vor Angst das Herz in der Kehle stecken geblieben ist.«

»Und ich bin weiter und weiter gegangen, und die ganze Zeit war es in meinem Kopf, dass das, was hinter mir kam, fürchterlicher war als alle Knochen und Schädel vor mir.«

»Weiter und weiter bin ich gegangen, als ob man mich schiebt. Ich konnte mir nicht helfen, die ganze Zeit kroch und kroch und kroch etwas hinter mir, bis alles Blut in meinem Körper kalt war und meine Zähne geklappert haben.«

»Und bin weiter und weiter gegangen, bis ich es keine tödliche Minute mehr länger aushalten konnte. Ich musste mich umdrehen, auch wenn dann das Leben aus mir weichen wird.«

»Hinter mir steht ein kleines Mädchen, ein kleines Ding, das dünn und verhungert ausgesehen hat, und es schien so schwach zu sein, dass es erbärmlich anzusehen war.«

»'Armes Ding', sag ich zu meinem eignen Geist, Tim Calligan könnte sie trösten, wenn ich er wäre', sag ich, 'und nicht ein anderer Körper, der vielleicht gar keinen Körper hat, der nur ein Gespenst an diesem Platz im Nirgendwo ist.'«

»Und die ganze Zeit hab ich so viel Angst vor dem kleinen Kind, das sozusagen da war, wo es nicht sein konnte, und ich tot vor ihm und es tot hinter mir, und immer folgte und folgte es mir.«

»Ohne groß zu überlegen, was zu tun war, fange ich an zu rennen, und ich renne so schnell, wie es meine Beine, die in Geisterschenkel verwandelt waren, mich ließen.«

»Und ich renne durch die Asche, stolpere über Knochen und sehe Schatten, die sich mir in den Weg stellen, und ich muss durch sie hindurchlaufen, und das Gewicht des Schreckens, das auf mir lastet, war mit Worten nicht zu beschreiben.«

»Und immer als ich rannte, rannte auch das kleine Kind, und es erschreckte mich schlimmer als je zuvor, denn je weiter ich von ihm weglief, desto näher kam es zu mir, bis es schließlich nach dem Ende meiner Jacke griff. Es klammerte sich daran fest. Ich war so verrückt vor Angst, dass ich nicht mehr Verstand hatte als ein Huhn, dem der Kopf abgeschlagen worden war, und das bei dem Gedanken, getötet zu werden, wild herumläuft und nicht weiß, dass es schon tot ist.«

»Und, oh Louizy, wie furchterregend sind die Orte, durch die ich gelaufen bin, um das kleine Ding loszuwerden! Es ist geradezu furchtbar, wenn man sich vorstellt, was einem toten Mann alles passieren kann, während er die ganze Zeit am Leben ist und es durch seine Träume vergisst!«

»Als ich schließlich so weit gegangen war, dass ein Sterblicher es nicht mehr aushalten konnte, geschweige denn ein Gespenst, da stand ich vor dem Himmelstor und wusste nicht im Geringsten, wie ich dorthin gekommen bin oder wie ich hineingelangen würde.

Der Heilige Petrus selbst saß auf einem weißen Stein außerhalb des Tores und lächelte und schaute so freundlich, dass der Schrecken aus mir herausging wie ein Schatten in der Sonne.«

»Und ich habe mit dem Fuß gescharrt und bin dann dicht herangegangen und stehe so, dass ich das Kind hinter mir verstecke, denn ich sage zu mir: 'Was soll ich Seiner Hochwürden sagen, wenn er mich wegen des Mädchens anspricht?«

»Und der Heilige Petrus sagt zu mir, sehr höflich und gnädig, 'Guten Morgen', sagt er.«

»'Den aller besten Morgen, Eure Hochwürden, und vielen Dank', sag ich.«

»'Und wie ist dein Name', sagte er.«

»'Tim Calligan, Euer Ehren', sage ich und antworte so keck, wie ich nur konnte; denn da war jetzt etwas in seiner Art zu sprechen, das mich frösteln ließ, als ob mein Herz die ganze Nacht in einem Schneesturm gewesen wäre.«

»'Ein anständiger und respektabler Körper bin ich, Euer Hochwürden', sag ich, und ich sage es einfach so, da es hier sonst niemanden gab, der ein Wort für mich einlegen konnte.«

»'Und wurde er auf heiligem Boden begraben?', sagt er.«

»'Das wurde er', sag ich, 'und viele lange Jahre habe ich mich darum bemüht', sag ich.«

»'Und was ist das da hinter dir?', sagt er, und ich schaue in diese und in die andere Richtung und versuche, so zu tun, als ob ich es nicht weiß, und schließlich habe ich so getan, als ob ich das Kind erst jetzt sehen würde, und tat so überrascht, dass er nicht ahnen konnte, dass ich das kleine Ding schon zuvor gesehen habe.«

»'Das, Euer Hochwürden', sag ich, 'sieht aus wie ein Lumpenmädchen. Ist es eine, die Euer Hochwürden hochgeholt hat', sag ich. Ich war so verzweifelt, dass ich frech wie Rotz geworden bin.«

»'Und was wird sie hier tun?', sagt Seine Hochwürden, und kümmert sich überhaupt nicht um meine freche Frage.«

»'Woher soll ich das wissen?', sag ich.«

»'Wird sie mit dir gehen', sagt er.«

'Gehört sie nicht hierher?', sag ich, immer noch sehr frech, aber ich habe gefühlt, wie mir das Herz herunter in die Stiefel rutscht, und das war aber mehr nur so gesagt, weil ich zu dieser Zeit barfuß war.«

»'Wird sie mit dir gehen?', sagt er wieder.«

»'Das tut mir leid', sag ich. 'Ich konnte ihr einfach nicht entkommen', sag ich.«

»'Und wieso versuchst du ihr zu entkommen, wenn sie nicht größer als ein Bienenbein ist?', sagt er und sieht mich so streng an, dass ich mein Gesicht nicht von ihm wegdrehen konnte.«

»'Nun, Euer Hochwürden', sag ich und schaue auf die Steine hinunter und sehe das Unkraut, das dort im Angesicht des Himmels wachsen will und sage, 'es ist unbequem, mit einem Kind irgendwo zu reisen, ganz zu schweigen von den unanständigen

Orten, durch die ich in dieser Nacht gegangen bin; und das Mädchen war nicht meins, und ich könnte dafür getadelt werden, dass ich sie so lange draußen gelassen habe, wenn ihre Leute Angst um sie bekamen, weil sie nicht wissen, wo sie steckt, und nicht begreifen, dass sie dort bei Eurer Heiligkeit ist und wo man sich um sie kümmert'.«

»Und dann streckt St. Peter seine Hand aus und schaute so scharf, dass seine Augen wie Nadeln durch mich hindurchgehen und zieht das kleine Kind hinter mir vor und sagt zu ihr: 'Wie heißt du?'«

»'Nellie', sagte sie und ihre Stimme war so dünn, dass man sie nicht hören konnte, und man wusste nur, was sie sagte, weil sich ihre Lippen wie Schatten an der Wand bewegen.«

»'Und wie bist du hierhergekommen?', sagte er.«

»'Ich bin verprügelt worden und verhungert'«, sagt sie und hat gezittert, dass es eine Gnade war, dass sie sich nicht wie eine Rauchwolke aufgelöst hat.«

»Und damit schaut mich Petrus wieder an, und der kalte Schweiß rennt mir den Rücken hinunter wie Regen auf einen Straßenbahnschaffner in einem Gewittersturm.«

»'Euer Hochwürden', sag ich und zittere, 'ich habe das Mädchen nicht geschlagen und verhungern lassen'.«

»'Das mag sein', sagt er, 'aber es wird einen Grund geben, warum sie an deinem Rockzipfel hängt, wie eine Klette an einem Hund', sagte er.«

»'Wozu verfolgst du Tim Calligan', sagt er zu dem Mädchen, 'wenn er tot ist und in heiligem Boden ruht?'«

»Und damit streckt sie ihren kleinen Zeigefinger heraus, der so dünn war wie die Kralle eines Spatzen, der im Winter verhungert ist, und sie zeigt auf mich und sagt: 'Er wollte das Geld nicht geben, um mich zu meinen Verwandten zu schicken', sagt sie, und mein eigener Vater hat ihm das Leben gerettet, als er schon tot und ertrunken war, bevor ich geboren worden bin', sagte sie.«

»'Warum hast du das Geld nicht geben, Tim?', sagt St. Peter, der auf dem weißen Stein sitzt wie ein Richter, der über das Leben eines Mannes urteilt.«

»'Euer Hochwürden', sag ich und falle auf die Steine zu seinen Füßen nieder.«

»'Zwanzig Jahre lang habe ich gekämpft und gespart und alles zusammengekratzt, um das bisschen Geld für ein Grab in heiliger Erde zu bekommen!'«

»'Wenn ich es dem Kind gegeben hätte, würde ich in dieser gesegneten Minute, in der ich die Ehre habe, mich mit Eurer Heiligkeit zu unterhalten – und ich bin stolz darauf, dass Ihr Euch so weit herabgelassen habt – ich würde in ungeweihtem

Boden, Wange an Wange mit Ketzern liegen, und bei der gesegneten Auferstehung meiner Gebeine wären sie mit ihren vermischt, und ich habe nur wenig von dem Leiden des armen kleinen Dings gewusst'.«

»'Und hat ihr Vater dir nicht das Leben gerettet?'«, sagte er.

»'Das hat er gemacht', sag ich, 'und ein guter, anständiger, gottesfürchtiger Mann war er', sag ich, 'ausgenommen, dass er ein Heide war, Euer Hochwürden, da er nicht gefragt wurde, sonst wäre er wahrscheinlich als guter Katholik geboren worden, und ich hoffe, dass Euer Hochwürden nicht zu hart mit Bill Trafton umgehen wird, wenn er hierherkommt', sag ich.«

»'Tim', sagt St. Peter, der mich mit einem Blick anschaut wie eine der langen Schnecken an der Nordseite der Scheune im Januar.«

»'Tim, es hat keinen Sinn, wenn du dein Palaver an mir auszuprobieren willst«, sagt er. 'Du weißt, dass du dieses Kind an diese Frau Betts gegeben worden ist, und jetzt wird sie zu Tode gequält werden, und wer trägt die Schuld, wenn nicht du, der es hätte verhindern können?'«

»'Glaubst du, Tim Calligan', sagt er und hebt seine Stimme, sodass die gesegneten Engel kommen und über die heiligen Mauern des Himmels blicken, um zu sehen, was los ist. Dabei schlugen die kleinen goldenen Reifchen, die um ihre Köpfe schweben, immer wieder zusammen, dass sie wie Schlittenglocken geklungen haben.«

»Ihre Köpfe waren so dicht beieinander oben auf der Mauer, und all ihre Augen sahen mich so traurig an, dass es mir fast das Herz gebrochen hat.«

»'Glaubst du', sagte er, 'du schläfst in heiliger Erde, wenn der Preis für das Grab, in dem dein wertloser alter Kadaver liegt, das Leben dieses kleinen Kindes war?'«

»Und alle Engel schüttelten den Kopf und sahen mich so vorwurfsvoll an, dass das Herz in mir so groß wurde, dass es mich mit seinem Anschwellen getötet hätte, außer dass ich schon tot war, um nicht zu sagen, dass ich es schon zweimal war.«

»Ich fing an zu schluchzen und betete zu St. Peter um Gnade, und das Erste, was ich wusste, war, dass ich im Bett aufgewacht bin und – gelobt sei das Werk Gottes! – ich bin wieder zum Leben erweckt worden, und dies war das dritte Mal, wenn man den Tag meiner Geburt mitzählt.«

Tims Erzählung war lang und wurde von häufigen Ruhepausen unterbrochen, die seine Schwäche notwendig machte.

Als er fertig war, schienen die blassen Vorboten der Morgendämmerung in den schmuddeligen Raum. Louizy weinte leise auf die unterdrückte Art von Leuten, die es nicht gewohnt sind, ihrem Kummer freien Lauf zu lassen.

Tim lag lange Zeit still. Endlich erhob er sich, um unter der Matratze zu tasten und eine schmutzige Tasche aus Jeansstoff zum Vorschein zu bringen. Diesen drückte er der Frau in die Hand.

»Es wird für euch beide reichen«, murmelte er schwach. »Seid gesegnet, und die Heiligen seien gut zu der Seele von Tim Calligan, wenn sie am Tag des Jüngsten Gerichts wie ein verängstigtes Murmeltier aus ungeweihtem Boden auftaucht!«

III

Mit Tims Zustand ging es rapide bergab. Die Aufregung seines Traums und der moralische Kampf, den er durchlebt hatte, hatten an seinen geschwächten Kräften gezehrt. Am zweiten Tag nach seinem Anfall kam der Priester aus Tiverton, um ihm die letzte Ölung zu geben. Als diese vorüber war, lag Tim ruhig da und schien kaum noch zu leben. So war er auch, als Springer, der am späten Nachmittag vorbeifuhr, zu ihm hereinkam, um ihn zu sehen.

»Tim«, sagte Springer, »Mrs Dooling hat mir erzählt, was du getan hast. Der Boden, in dem du liegst, macht wenig Unterschied für einen Mann, der so etwas Weises tun würde.«

»Vielen Dank«, antwortete Tim mit leiser Stimme. »Pater O'Connor hat versprochen, mein Grab zu segnen. Es ist zwar nicht dasselbe wie in Tiverton, wo der Boden rundherum mit dem Segen getränkt wäre, aber zumindest wird St. Peter mir nicht ins

Gesicht schleudern, dass das Blut des Kindes an mir klebt.«

Der Aufseher betrachtete ihn mit einer solchen Herzlichkeit, wie sie nicht oft innerhalb der Türen der Armenfarm aufleuchtete.

»Tim«, sagte er und beugte sich vor, als würde er sich halb schämen für seinen guten Impuls, »mach dir keine Sorgen mehr. Ich bezahle dein Grab in Tiverton und sorge dafür, dass du dort begraben wirst.«

Der alte, arme Bursche warf ihm einen Blick wahrer Glückseligkeit zu. Er griff nach ihm mit seinen dünnen, verdorrten Händen, die wie Binsen im Herbstwind zitterten.

»Heilige und gesegnete Jungfrau«, betete er fast schluchzend, »sei gut zu ihm, weil er einem armen, alten, sterbenden Geschöpf den Wunsch seines Herzens erfüllt! Heiliger St. Petrus – «

Aber der Ansturm der Freude war zu groß. Mit einem Gesicht, das die größten Wonnen ausdrückte, starb der alte Mann.

MISS GAYLORD UND JENNY

Als Alice Gaylord durch den Tod ihrer Großmutter aus dem langen Dienst ihrer Krankenpflege für sie entbunden wurde, schien es, als ob der Erfüllung ihrer langwierigen Verlobung mit dem Arzt Dr Carroll nichts mehr im Wege stehen würde.

Die Freunde der beiden jungen Leute drückten in geziemender Weise ihre Genugtuung darüber aus, dass die alte Mrs Gaylord, die neunzig Jahre alt und bettlägerig war, endlich erlöst wurde, und man verstand durchaus, dass sie damit auch ihre Freude über das Ende von Alices mühseligem Warten ausdrücken wollten.

Gewisse Zweifel an der Gesundheit des Mädchens trübten jedoch noch ein wenig die Aussichten. Lange Pflegedienste und Eingesperrtsein hatten ihr zugesetzt, und als nach dem Tod eine angemessene Zeitspanne verstrichen war und die Hochzeit trotzdem nicht stattfand, begannen die Leute zu sagen, wie schade es doch sei, dass Alice nicht gesund genug sei, um zu heiraten.

Auch Dr. Carroll dachte an ihre Gesundheit, als er an einem düsteren Novembernachmittag die West Cedar Street hinunter zu dem Haus ging, in dem die Gaylords seit den Anfängen dieser Straße gewohnt hatten und in der Alice nach eigenen Angaben selbst seit Generationen lebte.

Er blickte hinauf zu dem schmalen Himmelsstreifen, der sich wie matter Flanell über

179

ihm ausbreitete, zu den Wohnhäusern, die wie eine Reihe gesitteter Jungfern zu beiden Seiten des Weges standen, und zu dem Haus der Gaylords selbst, einem aus Ziegeln und Glas gefertigten Inbegriff der alten Bostoner Seriosität.

Er dachte mit Ungeduld darüber nach, dass es Alice natürlich nicht besser gehen würde, bis er sie aus einer so deprimierenden Atmosphäre herausholen würde. Dann erinnerte er sich jedoch daran, dass er die West Cedar Street immer gemocht hatte, und er begann sich zu fragen, ob er wegen Alice nicht selbst so krank geworden war, sodass ein anderer Arzt hinzugezogen werden sollte.

Er wunderte sich schon seit Langem darüber, dass er nichts entdecken konnte, was nicht stimmte, außer dass das Mädchen von den Strapazen des Dienstes für eine herrische und anspruchsvolle Kranke ermattet war.

Sie war nervlich erschöpft, und er sagte sich zum hundertsten Mal, dass Ruhe das Einzige war, was sie brauchte. Ein paar Monate davon würden alles wieder in Ordnung bringen.

Die Schwierigkeit war, dass die Ergebnisse nach der bisher verstrichenen Zeit nicht das waren, was man sich erwartet hatte. Carroll musste sich eingestehen, dass es Alice trotz Stärkungsmittel und Ruhe wirklich nicht viel besser ging, und er hatte fast das Gefühl, dass die wahre Ursache ihrer Trägheit und Schwäche in einem quälenden Geheimnis steckte.

Die schlichte weiße Tür mit dem Oberlicht und den dezent verschnörkelten Fenstern wurde von Abby geöffnet, einer Art Haushälterin, die den Anschein erweckte, als stamme sie aus der gleichen Zeit wie das Haus, wenn nicht sogar aus den Anfängen von Boston selbst.

George lächelte immer innerlich über den Blick, mit dem er von dieser urwüchsigen Jungfrau empfangen wurde, mit einem Blick jungfräulicher Sprödigkeit bei der Vorstellung, einen Mann ins Haus zu lassen, der erklärtermaßen ein Freier war, und er offenbarte Alice, dass er nach langer Erfahrung immer noch ein wenig Angst vor Abbys Blick hatte.

Heute verschwand ihr gewöhnlicher Blick schnell, um einem lebendigeren und spontaneren Platz zu machen. Abby hob einen schlanken Finger, der geheimnisvoll zur Stille aufforderte, und sprach sogleich in einem zischenden Flüsterton.

»Würden Sie bitte hierherkommen, Sir, bevor Sie nach oben gehen?«, sagte sie.

Sie winkte mit ihrer dünnen Hand in Richtung des kleinen Empfangsraumes, und der Arzt gehorchte leicht erstaunt und trat ein.

Abby schloss leise die Tür und kam ihm mit einem Anflug von Besorgnis entgegen.

»Ich muss Ihnen sagen, Sir«, sagte die alte Dienerin mit halblauter Stimme, »es ist etwas Seltsames gekommen.«

»Etwas Seltsames ist gekommen«, wiederholte er und lehnte sich gegen den Kaminsims. »Woher kam es?«

»Es ist gekommen, Sir«, wiederholte Abby, und eine gewisse Lust an ihrem Geheimnis schien ihrem Ton eine salbungsvolle Note zu verleihen. »Es ist einfach gekommen. Niemand weiß, woher die Dinge kommen, denke ich.«

»Oh, Sie meinen, es ist etwas passiert?«

»Ja, Sir; das habe ich doch gesagt.«

»Aber was ist es?«

»Ich weiß es nicht, Sir; aber es ist seltsam.«

Er betrachtete ihr faltiges, altes Gesicht, in dem jetzt der Mund verschlossen war, als hätte sie die Lippen mit Schnüren zusammengezogen, damit nicht irgendein Geheimnis entweichen konnte. Er lächelte über ihre wichtigtuerische Art, stützte sich mit dem Ellbogen auf den Kaminsims und bereitete sich auf den langsamen Prozess vor, um herauszufinden, was die Frau wirklich meinte. Es erwies sich am Ende als weniger mühsam als sonst, und er dachte sich, dass die Direktheit, mit der Abby ihre Informationen gab, ein ausreichendes Indiz für die Ernsthaftigkeit war, mit der sie diese betrachtete.

»Miss Alice ist nicht richtig im Kopf, Sir. Sie tut Dinge, die sie nicht mitbekommt.«

»Wie meinen Sie das?«, fragte er, wirklich erschrocken.

»Sie hat Ihnen gestern Abend einen Brief geschrieben, und dann, statt ihn abzuschicken, hat sie ihn ganz zerschnitten, mit Briefmarke und allem drum und dran, und dann hat sie gesagt, sie wüsste nicht, wer es getan hat.«

Carroll starrte die Frau an. Skurrilitäten und Geheimnisse waren Alice so fremd, dass sein erster und natürlicher Gedanke war, dass Abby selbst ihren Verstand verloren hatte.

»Es ist wahr, Sir, jedes Wort«, beharrte Abby, um seiner unausgesprochenen Ungläubigkeit zu begegnen. »Sie hat genau das getan, was ich sage.«

»Wenn sie sagt, sie wisse nicht, wer es getan hat«, sagte der junge Mann scharf, »dann weiß sie es auch nicht.«

»Natürlich wusste sie es nicht. Das ist ja das Seltsame.«

»Aber sie kann es nicht selbst getan haben.«

»Oh, aber ich habe sie dabei gesehen, Sir. Ich habe mich gefragt, was mit dem Brief los ist, nur die Briefmarke hatte ich nicht bemerkt, sonst hätte ich etwas gesagt.«

Carroll wusste, dass Abby, genauso wie er, von Alices standhafter Aufrichtigkeit überzeugt war und dass er es nicht mit einem unbegründeten Verdacht der Täuschung rechnen brauchte. Wenn Alice gesagt hatte, sie wisse nicht, wer den Brief vernichtet habe, dann war es offensichtlich, dass sie es unbewusst und in einem Zustand getan hatte, den es zu erforschen galt.

Er lehnte sich an den Kaminsims zurück und spielte wie abwesend mit den baumelnden Prismengläsern, die über einem bronzenen Liebespaar auf dem altmodischen Kandelaber hingen, während er sich Abbys Geschichte in Gänze anhörte.

Miss Gaylord hatte der Dienerin gesagt, dass sie im Begriff sei, den Brief zu schreiben, und dass er noch am selben Abend abgeschickt werden müsse. Als Abby für den Brief ins Zimmer gekommen war, sah sie, wie ihre Herrin ihn gerade zerschnitt.

Die Dienstmagd hatte sich daraufhin zurückgezogen, in der Annahme, dass der Brief aus irgendeinem Grund neu geschrieben werden müsse; aber als sie einige Zeit später zurückkehrte, wurde sie mit der Erklärung empfangen, dass er auf dem Tisch liege. Da er nicht da war, hatte ihre Herrin mit ihr danach gesucht, aber außer den Fragmenten im Papierkorb war nichts zu finden. Miss Gaylord hatte darauf bestanden, dass sie ihn nicht zerschnitten hatte und dass sie überhaupt nicht wüsste, wie der Schaden entstanden sei.

Dr Carroll war verwirrt und beunruhigt, und er war es noch mehr, als Alice ihm ihre eigene Schilderung der Dinge gegeben hatte. Sie hatte dies unaufgefordert und mit augenscheinlicher Offenheit getan.

»Ich nehme an, George«, sagte sie, »es ist Zerstreutheit, aber wenn ich so weit gekommen bin, dass ich nicht mehr weiß, was ich tue, sollte man mich besser sofort in eine Irrenanstalt einweisen.«

»Ist so etwas schon einmal vorgekommen?«, fragte er.

»Ich bin mir nicht sicher«, war ihre Antwort, »aber manchmal habe ich Dinge getan, an die ich mich dann nicht mehr erinnern konnte.«

»Ich habe meine Kleider an merkwürdige Stellen abgelegt, und solche Sachen, weißt du. Ich habe noch nie viel darüber nachgedacht. Du glaubst doch nicht – «

Er konnte sehen, dass sie ernsthaft beunruhigt war, und er machte sich daran, ihre Sorgen zu zerstreuen.

»Ich glaube, du bist nur müde und deshalb vielleicht ein wenig zerstreut, aber ich glaube nicht, dass es sich lohnt, deswegen viel Aufhebens zu machen. Du und Abby werdet aber sicher bald eine Theorie von einer dämonischen Besessenheit haben, um ein harmloses Versagen der Erinnerung zu erklären.«

Er verließ sie erst, als es ihm so erschien, dass sie den Vorfall nicht mehr ernst nahm, aber in seinem eigenen Kopf war er keineswegs beruhigt.

So schnell wie möglich suchte er einen Kollegen auf, der sich auf Nervenleiden spezialisiert hatte, und erzählte ihm den ganzen Fall so genau wie möglich. Der Spezialist stellte einige Fragen und fragte am Ende:

»Ist sie jemals hypnotisiert worden?«

»Ich bin sicher, dass sie das nie der Fall war«, antwortete Carroll. »Sie könnte jedoch leicht empfänglich dafür sein, würde ich meinen. Sie ist von Natur aus nervös, und gerade jetzt ist sie erschöpft und unkonzentriert.«

»Es scheint ein Fall von Selbsthypnose zu sein«, sagte der andere. »Manchmal, wissen Sie, hypnotisieren sich Patienten unbewusst selbst oder werden hypnotisiert, ohne dass sie etwas davon merken.«

»Aber würde sie es hinterher nicht merken?«

»Oh, nein; die zweite Persönlichkeit weiß im Allgemeinen alles über die erste, aber – «

»Sie meinen«, unterbrach Carroll, »dass die normale Person die erste und die hypnotisierte die zweite ist?«

»Ja. Die Persönlichkeit, die in der Hypnose an die Oberfläche kommt – das unterschwellige Ich – weiß alles über die normale Person, aber die normale Person hat keine Ahnung von der Existenz der zweiten, der unterschwelligen Persönlichkeit.«

»Es ist recht lustig, sich selbst als eine Art ineinander gestapelte Schachten vorzustellen«, kommentierte Carroll grimmig, »eine Persönlichkeit innerhalb der anderen, und man weiß nur von der äußeren Schachtel.«

»Oder Sie *sind* vielleicht nur die äußere Schachtel«, erwiderte der Spezialist lächelnd. »Nun, alles, was wir *nicht* darüber wissen, würde allein schon ein recht umfangreiches Buch füllen.«

Der Gedanke an Hypnose blieb in Carrolls Kopf, und es dauerte nur wenige Tage, bis er eine hinreichend deutliche, aber insgesamt unangenehme Bestätigung der Theorie des Spezialisten erhielt.

Er befand sich mit Alice im alten Salon, einem Ort von uriger Sprödigkeit, mit feinen, nüchternen Copley Porträts [berühmter Maler in Porträtist] und einer Atmosphäre von selbstbewusster Korrektheit, die in völligem Widerspruch zu psychischen Mysterien stand.

Er stand da und schaute aus dem Fenster, während Alice sich im Zimmer bewegte, um ein Buch zu suchen, über das sie gesprochen hatten.

Sein Blick wurde von einem funkelnden Lichtpunkt an der sonnenbeschienenen Wand des gegenüberliegenden Hauses gefangen. Er machte irgendeine beiläufige Bemerkung dazu, und Alice kam, um ihm über die Schulter zu schauen.

»Was ist das?«, fragte sie.

»Es muss ein Kieselstein im Verputz sein, nehme ich an«, antwortete er. »Es verursacht eine ungeheure Wirkung für so ein kleines Ding.«

Sie antwortete einen Augenblick lang nicht. Dann brach sie in ein Lachen aus, das für ihn seltsam und unangenehm klang, und klatschte in die Hände.

»Nun, jetzt bin ich gekommen«, sagte sie freudig.

Er drehte sich schnell zu ihr um. Ihr Gesicht schien eine Veränderung erfahren zu haben, leicht und doch außergewöhnlich.

Sie lachte mit einer Freude, die nicht ohne den Anschein der Bosheit war, und sie begegnete seinem Blick mit einer Kühnheit, die sich so sehr von dem üblichen Anblick von Alice unterschied, dass sie fast schamlos wirkte. Er konnte sehen, dass sie seine offensichtliche Verblüffung sehr amüsierte. Ein schelmisches Zwinkern erhellte ihren Blick.

»Oh, natürlich denkst du, dass ich sie bin; aber das bin ich nicht. Ich bin um einiges netter. Sie ist sowieso ein lästiges altes Ding. Du würdest mich viel lieber mögen.«

Carroll war zu verwirrt, um zu sprechen, aber er war Arzt und konnte nicht umhin, sofort über die Ursache dieser seltsamen Metamorphose nachzudenken.

Er dachte natürlich an Hypnose, und in einem zweiten Gedanken kam er zu der Erkenntnis, dass Alice mit erstaunlicher Schnelligkeit in einen hypnotischen Zustand versetzt worden war, indem sie einen Augenblick lang auf den glitzernden Punkt an der Wand des Hauses auf der anderen Straßenseite blickte.

Was aber das Ergebnis sein mochte oder was die Worte, die sie sprach, bedeuteten, konnte er nicht einmal vermuten.

»Starre mich nicht so an«, fuhr das Mädchen fort. »Ich bin Jenny.«

»Oh«, wiederholte er verwirrt, »du bist Jenny?«

»Ja, ich bin Jenny, und ich bin sechsmal so viel wert wie diese dumme Alice, mit der du verlobt bist.«

Er packte sie leicht an den Schultern und sah sie an, um seine Nerven zu beruhigen, aber auch in der Erwartung, durch die Untersuchung etwas zu erfahren.

Ihre Augen leuchteten mit einer ungewohnten Helligkeit und schienen ihm mit einer Schärfe anzustarren, zu der Alice nicht fähig gewesen wäre.

Die Wangen waren gerötet, nicht fiebrig, sondern gesund, und das Mädchen hatte völlig den Anschein von Erschöpfung verloren, die ihn so lange beunruhigt hatte. Sie trug den Kopf jetzt aufrechter, und als er ihn betrachtete, warf sie ihn frech hin und her.

»Du kannst mich so viel anschauen, wie du willst«, sagte sie fröhlich. »Ich kann es aushalten. Findest du nicht, dass ich besser aussehe als sie?«

Er war überzeugt, dass Alice nicht wissen konnte, was sie sagte, und doch rief er unwillkürlich aus:

»Nicht doch Alice! Ich mag das nicht!«

Sie spitzte die Lippen, die in ihrer erregten Fantasie röter und voller zu sein schienen, als er sie je gesehen hatte, und sie machte eine drollige kleine Grimasse.

»Ich bin nicht Alice, das sage ich dir. Küss mich.«

In ihrer ganzen langen Verlobungszeit hatte Alice ihn nie um eine Liebkosung gebeten, und die Bitte verletzte ihn jetzt als etwas Unweibliches. Anstatt ihr nachzukommen, ließ er seine Hände fallen und wandte sich ab. Sie lachte schrill.

»Oh, du willst mich nicht küssen? Ich dachte, es sei höflich, das zu tun, was eine Dame verlangt! Nun, wenn du jetzt nicht willst, wirst du es irgendwann tun. Du wirst es wollen, wenn du mich besser kennst.«

Sie wich zurück, aber er hielt sie am Arm fest.

»Halt!«, befahl er ihr mit all der Entschlossenheit, die er in das Wort legen konnte. »Wach auf Alice! Hör auf mit diesem Blödsinn!«

Das helle Gesicht wurde ängstlich und die schmollenden Lippen flehend.

»Schick mich nicht weg! Ich werde brav sein! Zwinge Sie nicht zurückzukommen!«

»Alice«, wiederholte er und umklammerte fest ihren Arm, »wach auf!«

»Du tust mir weh!«, rief sie halb wimmernd. »Du tust mir weh! Ich werde gehen.«

Der wilde Glanz verblasste aus den Augen, eine Veränderung, die zu subtil war, um beschrieben werden zu können, schien über die ganze Gestalt zu kommen, der alte müde Ausdruck breitete sich wie Nebel über das Gesicht aus, und die vertraute Alice stand da und fuhr sich mit der Hand über die Augen.

»Was ist denn los?«, fragte sie erschrocken. »Bin ich in Ohnmacht gefallen?«

Er war sich bewusst, dass sein Blick sie erschreckt haben musste, und er bemühte sich verzweifelt, leicht und natürlich zu sprechen.

»Ich schätze, du warst ganz schön nah dran«, antwortete er so natürlich wie möglich. »Es ist jetzt alles in Ordnung.«

Einige Tage lang geschah nichts Ungewöhnliches, soweit Carroll wusste. Er beobachtete Alice genau und vertiefte sich in alle Literatur zum Thema Hypnose, die ihm in die Hände fiel. Er war sich nicht sicher, ob er am Ende der anstrengenden Lektüre einer Woche viel klarer war als am Anfang, obwohl er zumindest eine feine Auswahl an Begriffen in der Nomenklatur des animalischen Magnetismus*, angesammelt hatte.

[* auch Mesmerismus, eine dem Elektromechanismus analoge Kraft im Menschen. Wurde im 18. Jahrhundert postuliert. Die davon abgeleitete Heilmethode war 'Hypnotismus' und erfuhr allgemein große Beachtung und medizinische und geisteswissenschaftliche Bedeutung, wurde aber später zunehmend abgelehnt]

Vorsichtig befragte er Abby und erfuhr, dass Alice seit einiger Zeit dem unterlag, was die alte Dienerin 'fiktive Anfälle nannte, wenn sie nicht sie selbst war'. Sein Freund, der Spezialist, war sehr interessiert an allem, was Dr Carroll ihm über den Fall erzählen konnte.

»Es ist offensichtlich ein unterschwelliges Selbst, das an die Oberfläche kommt«, erklärte er. »Ich habe schon ähnliche Fälle gesehen, aber nur einen, bei dem der Patient nicht von jemand anderem hypnotisiert wurde.«

»Aber was kann ich dagegen tun?«, wollte George wissen. »Ich will nicht, dass ein unterschwelliges Ich herumschwirrt. Ich will das Mädchen, das ich kenne.«

»Bauen Sie ihren allgemeinen Gesundheitszustand auf«, riet der andere. »Sie sagen, sie ist erschöpft, weil sie sich so lange um ihre Großmutter gekümmert hatte. Sorgen Sie dafür, dass sie sich ausruht. Das ist das Einzige, was ich sagen kann. Sie ist doch nicht wirklich krank, oder?«

»Gott weiß, wie Sie man es nennen soll«, war Carrolls Antwort. »Man kann sie nicht als gesund bezeichnen, wenn sie so ausrastet wie neulich. Ich sage Ihnen, es war furchtbar, einfach furchtbar!«

Die Tage vergingen, und wieder einmal hatte George das unheimliche Erlebnis eines Gesprächs mit Jenny. Alice hatte sich einige Habseligkeiten ihrer Großmutter angesehen, und als er sie rief, kam sie mit einer Halskette aus Strass-Steinen zu ihm herunter, die umher baumelte und durch ihre Finger glitt.

»Siehst du«, sprach sie ihn an, in der beschwingten Art, an die er sich nur zu lebhaft erinnerte, »ist sie nicht hübsch? Ich sollte sie tragen, nur bin ich jetzt in ihren Kleidern, und sie will nichts anderes als schäbiges Schwarz tragen.«

Carroll versuchte, seine Nerven wegen des plötzlichen Schocks zu beruhigen.

»Natürlich trägst du schwarz, Alice«, sagte er, »es ist erst sechs Monate her, dass deine Großmutter gestorben ist.«

Sie zeigte ihm eine lustige, spöttische Grimasse.

»Jetzt tu nicht so, als wüsstest du nicht, dass ich Jenny bin«, erwiderte sie. »Ich habe gleich gesehen, dass du mich erkennst, als du mich sprechen gehört hast. Alice! Puh! Sie wäre nicht so ins Zimmer gekommen.«

Sie huschte zur Tür, drehte sich wieder um und kam mit niedergeschlagenem Gesicht und gesenkten Augenlidern zurück.

»Wie geht es dir mein Lieber«, begrüßte sie ihn mit einer Parodie der Art von Alice, die so drollig war, dass er trotz allem selbst lachen musste.

Jenny selbst brach in einen Freudenschrei aus und wirbelte in einer Pirouette herum, wobei sie die funkelnde Kette um ihren Kopf schwang.

»Ist das nicht lustig?«, rief sie aus und blieb mit zur Seite gelehntem Kopf vor ihm stehen. »Sie kann nicht einmal eine halbe Minute lang ein helles Ding anschauen, dann geht es los und hier bin ich. Bevor ich dieses Mal gehe, werde ich jedes glänzende Ding, das ich finden kann, dort aufhängen, wo sie es sehen kann.«

Carroll hatte ein mulmiges Gefühl, als ob das Mädchen, das er liebte, vor seinen Augen verrückt geworden wäre; doch sie wirkte so vollkommen wie eine Fremde, dass das Gefühl so schnell verblasste, wie es aufkam. Dies war sicherlich nicht die Alice, die er kannte.

Er konnte sie nicht als seine Freundin und Verlobte ansprechen, obwohl es ebenso unmöglich war, sie als Fremde anzusprechen. Er war zu verwirrt und konfus, um sich für irgendeine Handlungsweise entscheiden zu können, und sie stand da und lächelte ihn an, als wäre sie sich völlig bewusst, was in seinem aufgewühlten Gehirn vorging.

»Wusstest du, dass ich ihren Brief zerschnitten habe?«, fragte Jenny mit einem Lächeln, das offenbar durch diese Erinnerung hervorgerufen wurde.

»Ja«, antwortete er, genau so, als ob die Frage von einer dritten Person gestellt worden wäre.

»Es war ein furchtbar törichter Brief«, fuhr das Mädchen fort. »Ich werde nicht zulassen, dass sie so an dich schreibt. Du musst zu mir gehören.«

Er hatte weder die Zeit noch die Ruhe, seine Gefühle zu erkennen, aber er akzeptierte für den Moment die Annahme der Individualität von Jenny.

»Du bist nichts für mich«, sagte er. »Ich bin mit Alice verlobt.«

»Oh, das ist schon in Ordnung. Ich weiß das. Ich weiß alles über sie; viel mehr als du. Aber ich sage dir, du nimmst besser mich. Ich bin genauso das Mädchen, mit dem du verlobt bist, wie sie.«

Er sah sie finster und mit ärgerlichen Augen an.

»Wo ist Alice?«, fragte er.

»Oh, ihr geht es gut. Sie ist irgendwo. Wahrscheinlich schläft sie. Ich möchte nicht über sie reden. Ich habe sie nie gemocht.«

»Dann redest du so über dich selbst. Wo bist du, wenn Alice hier ist?«

»Oh, das ist dumm. Ich würde lieber darüber reden, was wir tun, wenn wir verheiratet sind. Sollen wir gleich ins Ausland gehen?«

»Es wird Zeit genug sein, darüber zu reden, wenn es eine Aussicht auf unsere Heirat gibt.«

»Du wolltest mich neulich nicht küssen«, sagte Jenny, schlang die Kette um seinen Hals und beugte sich vor, sodass ihr Gesicht nahe an seinem war.

Ein so starkes Gefühl der Wut, dass es fast brutal war, überkam ihn. Er riss ihr die Halskette aus den Händen und warf sie quer durch den Raum. Dann packte er das Mädchen, wie schon bei der letzten Gelegenheit, an den Handgelenken.

»Geh weg!«, befahl er. »Lass Alice zurückkommen!«

»Oh, du tust mir weh!«, schrie sie. »Ich kann es nicht ertragen, wenn man mir wehtut! Lass mich los!«

Er zog seinen Griff fester an.

»Wenn du nicht gehst, wird es wirklich wehtun. Ich werde nicht zulassen, dass du so mit Alice umgehst.«

Ihr Blick schwankte bei seinem, dann sanken die Augenlider herab, und er löste seinen Griff mit dem Bewusstsein, dass Alice zurückgekommen war.

»Aber, George«, sagte sie mit ihrer natürlichen Stimme; »ich wusste nicht, dass du hier bist.«

Er nahm sie in die Arme mit einem Gefühl, das dem Hysterischen so nahekam, wie er es nur konnte, und widmete sich dann sofort der Beseitigung der Angst, die seine offensichtliche Aufregung in ihr hervorrief.

Mit der Zeit wurden die Auftritte von Jenny immer häufiger. Die Tatsache, dass diese sekundäre Persönlichkeit schon öfter die Kontrolle über den Körper gehabt hatte, den sie mit Alice teilte, schien ihr erneutes Erscheinen zu erleichtern.

Alice wurde offensichtlich immer empfänglicher für die Bedingungen, die diese seltsame Besessenheit hervorriefen.

Es war Carroll klar, dass jedes Mal, wenn es der elfenhaften Jenny gelang, von Alices Bewusstsein Besitz zu ergreifen, Erstere stärker wurde und sich besser durchsetzen konnte – so drückte er es für sich selbst aus, wobei er sich völlig im Klaren darüber war, was für ein verwirrendes Paradoxon diese Formulierung bedeutete. Er wurde mehr und mehr beunruhigt, aber auch immer verwirrter.

Manchmal stellte sich die Angelegenheit seinem professionellen Verstand als ein medizinischer Fall von fesselndem Interesse dar, manchmal erschien sie ihm als eine Laune gigantischer Ironie des Schicksals, und wieder wurde er von Liebe oder von leidenschaftlichem Mitleid und Kummer um Alice mitgerissen. Er fühlte, dass sie, ohne sich ihrer Gefahr bewusst zu sein – denn sie wusste nichts von ihrer geheimnisvollen Doppelgängerin – ihrer eigenen Persönlichkeit beraubt wurde.

Am merkwürdigsten wurde sein Gefühl gegenüber Jenny, die in seiner Vorstellung ein Individuum darstellte, das so greifbar, so menschlich und so selbst existent war wie Alice selbst.

Er erlaubte sich nie, Jennys Anwesenheit zu fördern, obwohl natürliche Neugier und berufliches Interesse ihn durchaus dazu bringen könnten, ihre Eigenheiten zu studieren. Er bestand immer darauf, dass sie den Körper, in den sie sich eingedrungen hatte – oder wie ein böser Geist hartnäckig auf sich selbst beharrte – so schnell wie möglich wieder verließ.

Er hatte bald gelernt, dass sie eine sehr ausgeprägte Furcht vor körperlichen Schmerzen hatte und dass sie, wie ein Kind, das sie oft zu sein schien, am besten durch die Furcht vor Strafe beherrscht werden konnte, und er hatte sie eine beträchtliche Zeit lang durch die Drohung, ihr wehzutun, verscheuchen können.

Im Laufe der Tage jedoch begann sie über seine Drohungen zu lachen, und er war gezwungen, zu leichter Gewalt zu greifen.

Der kräftige Griff um die Handgelenke hatte anfangs genügt, musste aber verstärkt werden, als Jenny anscheinend beschloss, dass er es nicht wagen würde, seine Drohungen wahr zu machen.

Eines Tages ertappte er sich dabei, wie er den Arm des Mädchens nach hinten drehte, in dem entschlossenen Versuch, diese hartnäckige gespenstische Präsenz zu vertreiben.

Der Gedanke, Alice zu verletzen, überkam ihn so sehr, dass er die Sache hätte abbrechen müssen, wenn seine Verlobte nicht in diesem Augenblick ihren normalen Zustand wiedererlangt hätte.

Dies hatte zur Folge, dass er ziemlich entmutigt war und nur eine plötzlich erinnerte berufliche Verpflichtung als Ausrede benutzten konnte, um mit größtmöglicher Eile das Haus verlassen zu können.

Es gab andere Stimmungen, die vielleicht noch schlimmer waren. Hin und wieder war er sich einer starken Anziehungskraft zu diesem lachenden Mädchen bewusst – das ihm trotzte und ihn mit den Augen von Alice ansah, die aber vor Fröhlichkeit strotzten – das ihn mit Alices Lippen verführte, die aber mit warmem Blut gefüllt waren und so betörend schmollten – das in der Gestalt seiner Verlobten auf ihn zuging, diesen Körper aber mit einer Anmut und Verlockung schwang, von der Alice nichts wusste.

Er spürte in seinen Nasenlöchern ein Beben des Begehrens, und Scham und Selbstverachtung folgten ihm nach.

Er fühlte nicht nur, dass er Alice untreu gewesen war, sondern durch ein schmerzhaftes und beunruhigendes Paradox, dass er ihr eine erniedrigende Beleidigung zufügte, indem er von dem, was zumindest ihr Körper war, bewegt wurde, so wie er von der sinnlichen Attraktivität eines Flittchens hätte bewegt werden können.

Jenny war gleichzeitig so anders, so weit von Alice entfernt und doch so sehr mit ihr identifiziert, dass sich seine Gefühle in einem verwirrenden Durcheinander verfingen.

Nicht nur, dass er nicht logisch über die Angelegenheit nachdenken konnte, sondern er schien auch den lenkenden Einfluss des instinktiven Gefühls verloren zu haben.

Jenny vertrat nichts Ethisches, nichts Geistiges, nicht einmal etwas Moralisches. Er war von Abscheu vor sich selbst erfüllt, weil er sich von ihr bewegen ließ, doch menschlich gesehen konnte seine männliche Natur nicht anders, als auf ihren Zauber zu reagieren.

Die Unmöglichkeit, dies entweder von seiner Liebe zu Alice zu trennen oder mit dem Respekt, den er ihr entgegenbrachte, in Einklang zu bringen, ließ ihn in einem Zustand geistiger Verwirrung zurück, der so schmerzhaft war, wie er hoffnungslos schien.

Er wurde so unruhig, dass es unvermeidlich war, dass Alice sein Unbehagen bemerkte, und er war nicht im Geringsten überrascht, als sie eines Abends zu ihm sagte:

»George, was ist denn los? Machst du dir Sorgen um mich?«

Er hatte sich immer und immer wieder darauf vorbereitet, eine solche Frage zu beantworten, aber jetzt zögerte er nur und stammelte.

»Warum – wie kommst du darauf, dass etwas nicht in Ordnung ist?«

»Ich weiß, dass es so ist, und ich bin sicher, dass es meine Ohnmachtsanfälle sind.«

Sie hatte sich angewöhnt, mit diesem Begriff über ihre Anfälle zu sprechen, und George hatte ihn akzeptiert, insgeheim froh, dass sie keine schlimmere Vorstellung hatte, als die von Bewusstlosigkeit.

»Natürlich bin ich beunruhigt, solange es dir nicht gut geht, aber – «

»Du willst mir nicht sagen, was los ist«, fuhr sie ruhig fort, aber mit einer Ernsthaftigkeit, die zeigte, dass sie lange über die Angelegenheit nachgedacht hatte.

»Ich wage zu behaupten, dass es mir nicht besser gehen könnte, und ich kann dir vertrauen. Ich weiß aber, dass du dir Sorgen machst, und das beunruhigt mich.«

Sein Entschluss war sofort gefasst.

»Sieh her, Alice«, sagte er, »die Wahrheit ist, dass du von Boston wegmusst und einen kompletten Wechsel der Umgebung und des Klimas brauchst. Du hattest dich immer für das Meer begeistert, und eine Seereise wird dich wieder aufrichten. Ich werde dich nächste Woche heiraten und mit dir nach Italien fahren.«

»Aber George, das kannst du nicht!«

»Doch, das werde ich.«

»Selbst wenn ich gesund wäre, könnte ich nicht bereit sein.«

»Wen kümmert das? Du fährst, damit du wieder gesund wirst. Wenn ich Patienten befehle, für ihre Gesundheit wegzufahren, erwarte ich, dass sie das auch tun.«

Sie wurde ernst und sah ihn mit Augen von unendlicher Traurigkeit an.

»Lieber George«, sagte sie, »ich kann dich nicht heiraten, nur um wie ein Patient zu sein. Du darfst nicht durch das Leben gehen, belastet durch eine kranke Frau.«

»Ich habe nicht die Absicht, etwas in dieser Art zu tun«, antwortete er strahlend. »Es wäre eine zu schlechte Werbung für mich, und das ist der Grund, warum ich darauf bestehe, dich ins Ausland zu bringen. Welchen Tag wählst du nächste Woche, Mittwoch, Donnerstag oder Freitag? Wir segeln am Samstag.«

Er wollte keine Einwände hören, sondern setzte den Donnerstag für die Hochzeit fest und trieb die Vorbereitungen für die Reise ins Ausland rasch voran. Dafür nahm er die Mitarbeit einer Cousine von Alice in Anspruch, einer tüchtigen Dame, die es gewohnt war, alles zu organisieren, und da Abby seinen Entschluss wärmstens befürwortete, war er überzeugt, dass Alice bereit sein würde. Er sah Alice nur kurz vor dem Sonntagabend, als er sie in einem Zustand großer Aufregung vorfand.

»Ich bin wirklich nicht bei Sinnen«, sagte sie. »Was meinst du, was ich getan habe?«

»Das ist mir egal, wenn du deine Meinung über nächsten Donnerstag nicht geändert hast.«

»Ich sollte meine Meinung ändern. Oh, George, ich habe kein Recht ... «

»Das ist schon entschieden«, unterbrach er sie entschlossen. »Was hast du getan, das so schrecklich ist?«

Sie brachte ein taubenfarbenes Kleid hervor.

»Natürlich konnte ich nicht in Schwarz heiraten, weißt du, und das sollte mein Kleid sein. Sieh her.«

Die Vorderseite der Taille war von oben bis unten zerschnitten und aufgeschlitzt.

»Ich muss es irgendwann heute gemacht haben. Oh, George, es ist furchtbar!«

Zum ersten Mal in der ganzen langen, harten Zeit ihrer langwierigen Verlobung brach sie zusammen und weinte bitterlich.

Er nahm sie in seine Arme und beruhigte sie. Er sagte ihr, dass er alles wüsste und dass sie wieder ganz gesund werden würde; er bat sie nur, sich keine Sorgen zu machen, sondern ihm zu vertrauen, dass sie sicher und glücklich aus all diesen Schwierigkeiten und Geheimnissen herauskommen würde.

Sie gab seinen Überredungskünsten nach, und in der Tat war es offensichtlich, dass sie kaum die Kraft hatte, ihm zu widerstehen, selbst wenn sie nicht daran geglaubt hätte.

Sie lehnte sich ruhig an seine Schulter und ließ sich von ihm zu einer Beschreibung der Route hinreißen, die er sich vorgenommen hatte, und in ihrem Interesse daran schien sie ihren Ärger zu vergessen.

Bevor er ging, fragte sie ihn, was sie der Schneiderin sagen könne, die Verdacht schöpfen würde, wenn sie keinen Grund für die Aufforderung zur Anfertigung eines neuen Kleids genannt bekäme.

Daraufhin nahm das beschädigte Kleidungsstück, ging zum Schreibtisch und spritzte Tinte auf die Schnittflächen.

»Du hast es mir gezeigt«, sagte er fröhlich, »und ich war so unglaublich ungeschickt, Tinte darauf zu verschütten. Männer sind so dumm.«

Sie lachte, und er ging mit dem Gefühl weg, dass er Jenny gern erdrosselt hätte, wenn es ihm nur gelänge, sie in einem anderen Körper als dem seiner Verlobten in die Finger zu bekommen.

Wenn ihn dieses Erlebnis auch irritierte, so hatte er doch später noch eine Begegnung, die ihn noch mehr auf die Probe stellte.

Als Abby ihn am Dienstag ins Haus ließ, führte sie ihn erneut geheimnisvoll in das Empfangszimmer.

»Miss Alice hat an sich selbst geschrieben, Sir.«

Sie hielt ihm einen versiegelten und frankierten Umschlag entgegen, der an Alice adressiert war. Er nahm ihn halb mechanisch entgegen, und während er sich fragte, wie er mit diesem neuen Trick der bösartig-genialen Jenny umgehen sollte, bemerkte er, dass die Handschrift seltsam anders war als Alices üblicher Stil.

»Hat sie Ihnen den gegeben, um ihn zur Post zu bringen?«, fragte er.

»Er war bei den anderen Briefen, und ich habe ihn bemerkt und nicht abgeschickt.«

»Ich nehme ihn«, sagte er. »Sie haben vollkommen richtig gehandelt.«

Er fragte sich, ob Jennys Vorahnung sie in die Lage versetzen würde, zu entdecken, dass er ihre Notiz an Alice vernichtet hatte, aber dann musste er lächeln, als er merkte, wie er sie fast für einen übernatürlichen Dämon hielt, und dachte daran, dass nichts einfacher für sie sein könnte, als dass sie ein Papier dort hinterließ, wo Alice es finden musste.

Ein paar Tage später fand er seinen Gedanken bestätigt, als Alice zu ihm sagte:

»George, wer ist Jenny?«

Während sie sprach, drückte sie ihm einen unsignierten Zettel in die Hand, auf dem nur stand: 'George liebt Jenny.'

Die kurze Zeit, die notwendigerweise für die Prüfung des Zettels benötigt wird, gab ihm die Möglichkeit, sich zu beruhigen.

»Du hast ihn selbst geschrieben«, sagte er leise. »Erkennst du dein Papier und deine Schrift nicht? Es ist ein wenig seltsam, aber das ist im Schlaf Geschriebenes immer.«

»Dann bin ich also eine Schlafwandlerin!«, rief sie mit errötenden Wangen aus.

»Daran ist nichts Schlimmes«, erwiderte er. »Du hast mir versprochen, dich mir anzuvertrauen, was deine Gesundheit betrifft. Ich weiß alles darüber, und wenn du dir selbst vierzig Zettel schreibst, brauchst du dir keine Sorgen zu machen.«

Sie seufzte und lächelte dann tapfer.

»Ich werde versuchen, mir keine Sorgen zu machen«, sagte sie ihm, »aber ich bin ein Feigling, wenn ich dich nicht wegschicke. Ich frage mich nur, warum ich Jenny als Namen für deine Geliebte gewählt habe.«

»Ich bin sicher, dass ich es nicht weiß, es ist ein Name, der hässlich genug ist«, antwortete er mit einem schnellen Gedanken, von dem er hoffte, dass Jenny ihn hören konnte. »Auf jeden Fall sage ich dir von ganzem Herzen, dass du die einzige Frau auf der Welt für mich bist.«

Er sah Jenny erst am Abend vor seiner Hochzeit wieder. Er glaubte, sie würde ihm aus dem Weg gehen, zumal Alice ihm einmal mitteilte, sie sei zu beschäftigt, um ihn zu sehen. Doch am Mittwoch erhielt er einen Brief. Die Hand, die der von Alice so ähnlich und doch so unverkennbar anders war, berührte ihn höchst unangenehm, und auch der Inhalt konnte ihn nicht beruhigen.

'Du glaubst, du bist mir zuvorgekommen, indem du Alice gesagt hast, sie sei eine Schlafwandlerin, nicht wahr! Nun, es ist mir egal, denn ich werde sie für immer loswerden, wenn wir verheiratet sind. Ich wollte nicht in diesem hässlichen grauen Kleid heiraten, und das werde ich auch nicht. Du siehst ja, ob ich es bin. Du bist sehr unfreundlich zu mir und solltest dich daran erinnern, dass ich dich viel lieber mag als sie, weil ich echte Gefühle habe, und sie ist eine Art von Götzenbild. Du wirst deine kleine Frau Jenny sehr lieb haben.'

Dr Carroll begann sich zu fühlen, als würde sein eigenes Gehirn herumwirbeln.

Er konnte nicht auf die Notiz antworten, da er kaum einen Brief an Jenny irgendwie innerhalb der Persönlichkeit von Alice adressieren konnte.

Er erkannte auch, dass eine solche Belastung ihm bald so zusetzen könnte, dass er unfähig sein würde, sich um Alice zu kümmern, und er beschloss, dass die Zeit für die stärksten Maßnahmen gekommen war.

Zu sagen, was die stärksten Maßnahmen sein sollten, war jedoch ein Problem, das ihn für den Rest des Tages beschäftigte und er konsultierte deshalb den Spezialisten.

Selbst als er an diesem Abend die West Cedar Street hinunterging, konnte er kaum sicher sein, dass er seinen Plan ausführen würde.

An der Tür wurde ihm von Abby mitgeteilt, dass Miss Alice strikte Anweisung gegeben hatte, ihn nicht einzulassen.

»Wann hat sie das getan?«, erkundigte er sich.

»Heute Vormittag, Sir, als sie mir den Zettel gab, den ich Ihnen schicken sollte. Sie war merkwürdig, Sir. Sie nahm ein Taxi und fuhr in die Stadt, um einzukaufen, und kam mit einer großen Kiste zurück. Dann hat sie ein Nickerchen gemacht, und heute Abend geht es ihr wieder gut.«

»Ich werde hochgehen, Abby. Es ist notwendig, dass ich sie sehe.«

Als er in den Salon kam, sprang Alice auf, um ihn zu begrüßen.

»Ich hatte schon Angst, du würdest nicht kommen«, sagte sie. »Ich war heute so komisch, ich weiß, und in meinem Zimmer steht ein Paket von der Schneiderin, das ich noch nie gesehen habe. Es hat einen Vermerk, dass es nicht vor morgen geöffnet werden darf. Oh George, ich bin so verängstigt und unglücklich! Ich weiß, ich müsste dich wegschicken und dir nicht erlauben, mich zu heiraten.«

»Versuche, mich wegzuschicken, wenn es dir dann besser geht. Ich werde aber nicht gehen. Setz dich auf diesen Stuhl, ich möchte dir etwas zeigen.«

Sie setzte sich auf den Platz, den er ihr gezeigt hatte.

Er löschte das Feuer und ließ den Schürhaken in der Glut liegen. Dann nahm er eine Kugel aus versilbertem Glas aus seiner Tasche, so groß wie eine Orange, und begann, sie in seinen Händen zu schwenken. Sie starrte sie eine halbe Minute lang schweigend an. Dann ertönte das unverwechselbare Lachen von Jenny.

»Du wolltest mich also wirklich sehen, was?«, rief sie. »Ich wusste, dass du es irgendwann tun würdest.«

»Ja«, war seine Antwort. »Du kannst sicher sein, dass ich dich unbedingt sehen wollte, bevor ich das Risiko eingehe, etwas zu tun, was vielleicht schlecht für Alice ist.«

»Oh, es geht immer noch um Alice, oder?«, antwortete Jenny schmollend. »Ich hatte gehofft, du wärst inzwischen vernünftiger geworden.«

»Also ehrlich«, fuhr sie fort und beugte sich mit Überzeugung vor, »meinst du nicht, dass du lieber mich hättest? Das Problem ist, dass du denkst, du bist an sie gebunden, und du traust dich nicht, das zu tun, was du willst. Ich würde es hassen, so ein Feigling zu sein!«

Er betrachtete das schöne Geschöpf, das sich zu ihm hin beugte, und er konnte nicht anders, als in seinem Herzen anzuerkennen, dass sie körperlich anziehender war als Alice, dass sie in ihm eine Wallung des Blutes erregte, das er bei der anderen nie gekannt hatte.

Es gab die ganze Anziehungskraft, die ihn zu Alice hingezogen hatte, abgesehen von gewissen geistigen Eigenschaften, und hinzukam ein neuer Reiz, den er sehr stark spürte.

Außerdem konnte er sich nicht klarmachen, welches Recht oder welchen Grund er hatte, sich gegen diese Form der Persönlichkeit seiner Verlobten zu wehren, gegen diese andere Alice, die ihn in gewisser Weise mehr bewegte als die Alice, die er so lange gekannt hatte.

Er hatte nur einen hartnäckigen Instinkt, der ihn leitete, eine unausweichliche innere Überzeugung, dass die normale Erscheinung des Mädchens unveräußerliche Rechte besaß, die zu verteidigen ihm Männlichkeit und Ehre gebieten.

Zum Teil war dies das natürliche Gefühl eines Arztes, aber mehr war es die puritanische Treue zu einer Idee der Gerechtigkeit.

Je mehr er von der Faszination Jennys ergriffen wurde, desto stärker drängte ihn sein Rechtsempfinden, diese schreckliche Besessenheit, wenn möglich, für immer zu beenden.

Sowohl für sich als auch für Alice war er nun entschlossen, bis zum Äußersten zu gehen.

»Es steht dir frei den Grund, dich zu holen, so zu formulieren, wie du es willst«, antwortete er auf ihren Spott mit ernster Höflichkeit. »Ich habe dich gerufen, um dir zu sagen, dass ich Alice morgen heiraten werde und dass ich es nicht mehr zulassen werde, dass man in ihre Persönlichkeit eindringt.«

»Oh, das wirst du nicht! Wie willst du denn mein Kommen verhindern?«

Er schaute auf ihre Augen, die mit schelmischem Trotz funkelten, auf ihre roten Lippen, die in frecher Frechheit schmollten, und er schwankte. Dann wandte er sich in der augenblicklichen Abscheu vor dieser Schwäche dem Feuer zu und nahm den glühenden Schürhaken aus der Kohle.

»So werde ich es verhindern«, sagte er.

Sie zuckte zusammen und wurde blass, aber sie gab nicht nach.

»So kannst du mich nicht täuschen«, sagte sie. »Du würdest den Körper deiner kostbaren Alice nicht wirklich verletzen. Du kannst mir keine

Verbrennungen zufügen, ohne dass auch sie welche bekommt.«

»Sie sollte lieber Verbrennungen haben, als unter der Kontrolle eines kleinen Teufels wie dir zu stehen.«

Einen Moment lang standen sie sich gegenüber, dann sank ihr Blick. Mit einem bitteren Schrei fiel sie auf die Knie und hielt ihm ihre gefalteten Hände entgegen.

»Oh, warum kannst du mich nicht bleiben lassen!«, sagte sie halb schluchzend. »Warum willst du mir keine Chance geben? Du weißt nicht, wie gut ich sein werde! Ich werde alles tun, was du von mir verlangst. Ich kenne alle deine Wege so gut wie sie, und ich werde dich glücklich machen. Warum sollte ich nicht genauso viel Recht auf Leben haben wie sie?«

Ihr klagendes Flehen ließ ihn fast verstummen. Instinktiv spürte er, dass seine einzige Chance, seinen Plan durchzuziehen, darin bestand, sich zu weigern, ihr zuzuhören.

Der Gedanke drängte sich ihm auf, dass sie vielleicht genauso viel Anspruch auf sein Bewusstsein hatte wie Alice; er fühlte sich so, als würde er diese seltsame Kreatur ermorden, die mit blitzenden Augen und bebendem Mund vor ihm kniete. Er musste sich wegdrehen, um sie nicht zu sehen.

»Ich werde nicht auf dich hören«, sagte er verbissen. »Ich werde nicht zulassen, dass du Alice belästigst. So sicher, wie es einen Gott im Himmel gibt, werde ich dich mit einem heißen Eisen verbrennen, wenn du noch einmal zurückkommst, wenn ich bei ihr bin, und ich werde sie die ganze Zeit über beobachten, nachdem wir verheiratet sind.«

»Wenn du mich heiraten würdest, müsstest du mir gegen sie helfen«, sagte Jenny, anscheinend sowohl zu sich selbst als auch zu ihm.

Er gab keine andere Antwort, als das erhitzte Eisen so nahe an ihre Wange zu bringen, dass sie seine Glut gespürt haben musste.

Sie warf ihren Kopf mit einem Schrei der Angst zurück. Dann kam ein Blick des Trotzes über das Gesicht, und die roten Lippen nahmen eine spöttische Krümmung an, aber im Handumdrehen war es Alice, die vor ihm auf dem Teppich kniete.

Die Strapazen dieses Gesprächs und die anschließende Notwendigkeit, Alice zu beruhigen, versetzten Carroll in einen Zustand, der dem Schlaf wenig zuträglich war.

Die ganze Nacht über ließ er die Umstände dieses seltsamen Falles in seinem Kopf kreisen und tröstete sich, so gut es ging, mit der Hoffnung, dass er Jenny endlich für immer verscheucht hatte.

Er dachte über die biblischen Geschichten von dämonischer Besessenheit nach und fragte sich, ob Hypnose dabei nicht eine Rolle gespielt haben könnte; er spekulierte über die Zukunft und ertappte sich hin und wieder dabei, dass er sich fragte, was wohl dabei herausgekommen wäre, wenn er Jenny statt Alice gewählt hätte.

Er sah aus wie ein mitgenommener Bräutigam, als Abby ihm am nächsten Vormittag die Tür öffnete, und er wurde noch blasser, als die alte Dienerin mit kurzem Pathos zu ihm sagte –

»Sie benimmt sich wieder seltsam.«

Carroll fletschte wie wild die Zähne. Er erwiderte kaum die Begrüßung der wenigen im Salon versammelten Freunde, sondern ging sofort zum Kamin, zündete ein Streichholz, hielte es an das dort vorbereitete Feuer und schob den Schürhaken zwischen die Gitterstäbe des Rostes.

Der Geistliche kam herein, und in einem anderen Augenblick hörte man das Rascheln des Brautkleides von der Treppe draußen. Dann erschien auf dem Arm eines Cousins der Gaylords eine weiß gekleidete Gestalt in der Tür.

Der Schweiß begann auf Carrolls Stirn zu stehen. Ihm wurde klar, dass Jenny einen weiteren verzweifelten Versuch unternehmen würde, ihn zu heiraten. Er erinnerte sich an ihre letzten Worte vom Vorabend und sah, dass sie dies damals im Sinn gehabt haben musste.

Er schaute ihr direkt in die Augen und wandte sich dann dem Gitter zu. Als er sich bückte, um den Schürhaken zu ergreifen, blieb die Braut stehen, zitterte und stützte sich mit der Hand am Türpfosten ab, als wollte sie sich abstützen.

Da legte George, der sie beobachtete, das Eisen nieder und trat zu Alice vor.

Was die versammelte Gesellschaft davon halten mochte, dass er in diesem Augenblick das Feuer schürte, war ihm gleichgültig. Er fühlte, dass er triumphiert hatte, und wenigstens war es Alice und nicht Jenny, die er jetzt heiratete.

Soweit Carroll feststellen konnte, ist Jenny nie wieder in Alices Persönlichkeit eingedrungen. Die wiedererlangte Gesundheit, die vielseitigen Interessen und die stets wachsame Zuneigung ihres Mannes gaben Mrs Carroll Selbstvertrauen und festigten sie in einem normalen Zustand.

Aber es gibt eine kleine Tochter, und hin und wieder stockt dem Vater der Atem, so verblüffend kommt in ihr Gesicht und in ihr Verhalten eine Ähnlichkeit mit Jenny.

DR POLNITZSKI

»Sie glauben also«, sagte Dr Polnitzski und lächelte dabei etwas sarkastisch, »dass Sie wirklich die Bitterkeit des Lebens schmecken?«

»Ich habe nichts dergleichen gesagt«, erwiderte ich ungeduldig. »Ich habe nichts solchermaßen Ernstes daraus gemacht, aber Sie werden zugeben, dass es nicht gerade amüsant ist, über den Kopf des eigenen Pferdes auf einen Pfahl geworfen zu werden, der Ihnen eine zehn Zentimeter lange Wunde in den Oberschenkel reißt.«

»Oh, ganz im Gegenteil«, antwortete er. »So viel gestehe ich zu.«

»Und das mitten in der Jagdsaison«, fuhr ich fort, »und beim Haus eines Freundes. Außerdem wird ein Mann nie das Gefühl los, dass jeder insgeheim denkt, ein Unfall müsse seine eigene Schuld sein und er sei ein Dummkopf. Selbst Lord Eldon, der an sich ein guter Mensch und ein fröhlicher Gastgeber ist, muss denken – «

»Unsinn«, unterbrach mein Arzt brüsk, »Lord Eldon ist kein Narr, und er begreift ebenso gut wie Sie selbst, dass dies nicht Ihre Schuld war. Sie nehmen die ganze Sache so schwer, weil Sie offenbar nie mit den Realitäten des Lebens in Berührung gekommen sind.«

Er war ein so prächtiger Mann, wie er so dastand, dass man ihm die Schroffheit seiner Worte leicht verzieh. Er wurde wegen der Erkrankung von Lord Eldons Hausarzt anlässlich meines Unfalls hinzugezogen und war so voller Fürsorge, dass ich ihm aufrichtig zugetan war.

Unsere Bekanntschaft war zu so etwas wie Intimität herangereift, da mein Gastgeber und seine Familie durch die Krankheit einer verheirateten Tochter unerwartet von zu Hause weggerufen wurden, und es war zur Gewohnheit geworden, dass Dr Polnitzski die Abende meiner langsamen Rekonvaleszenz, die sonst so unerträglich langweilig gewesen wären, mit mir verbrachte.

»Ich wage zu behaupten, dass ich die meiste Zeit meines Lebens zu sehr verwöhnt worden bin«, antwortete ich, »aber ein Monat, wie er sich jetzt ergeben hat, muss für jeden ziemlich ernst sein.«

Er lächelte, dann wurde sein Gesicht ernst.

»Ich wage zu behaupten, dass Sie mich für langweilig moralisch halten«, sagte er, »aber ich kann nicht anders, als an das zu denken, was ich jeden Tag sehe. Einige Jahre lang habe ich versucht, etwas für die armen Leute hier zu tun, und besonders für die Arbeiter drüben in Friezeton. Wenn Sie wüssten, was ich alles gesehen habe – aber Sie würden es ja nicht ohnehin nicht verstehen, wenn ich es Ihnen erzähle.«

»Ich weiß«, erwiderte ich, »dass Sie sich der großzügigsten Arbeit unter diesen armen Schluckern gewidmet haben.«

»Ich bitte um Verzeihung«, antwortete er und wurde sofort etwas steifer, »aber wir werden, wenn Sie zustimmen, auf Komplimente verzichten.«

»Aber«, beharrte ich, »Lord Eldon und andere haben mehr als einmal ihre Verwunderung darüber zum Ausdruck gebracht, dass Sie sich, mit ihren so ungewöhnlichen Talenten und Fähigkeiten, selbst so belasten – «

»Ich habe nicht von mir gesprochen«, unterbrach er etwas ungeduldig, »sondern von meinen armen Patienten. Wenn Sie wüssten, was sie klaglos erleiden, würde Sie das vielleicht ein wenig zufriedener mit ihrer eigenen Situation machen.«

Für eine kurze Zeit schwiegen wir beide. Ich schaute durch das Zimmer auf die starke Gestalt des Russen, wie er am Feuer stand, und fragte mich, was wohl seine Vergangenheit gewesen war. Ich wusste, dass er für die ganze Nachbarschaft, in der er seit fast einem Dutzend Jahren lebte, ein Rätsel war.

Er war offensichtlich ein Gentleman, und er schien wohlhabend zu sein. Ich selbst hatte festgestellte, dass er von ungewöhnlicher Kultur und Raffinesse war, und er hatte sich distinguiert einen Namen als Arzt mit ausgeprägten Fähigkeiten und Leistungen gemacht.

Das Verwunderliche war, warum er in England als Exilant lebte und warum er sich so hartnäckig allen Bemühungen widersetzte, ihn aus seinem jetzigen Ruhestand zu locken.

Er widmete sich nunmehr in aller Ruhe der philanthropischen Arbeit und lehnte es ab, sich in einer organisierten Wohltätigkeitsorganisation anzuschließen. Mehr und mehr wurde er jedoch als geschickter Arzt geschätzt und zu Konsultationen hinzugezogen.

Insgesamt machte er auf mich den Eindruck eines Mannes, der eine Vergangenheit hatte, und ich konnte nicht umhin, mich zu fragen, wie diese Vergangenheit gewesen war.

»Ich denke, Sie haben recht«, antwortete ich etwas abwesend, »aber ist Ihnen nie in den Sinn gekommen, dass man leicht den Fehler macht, das Leiden anderer nach unseren eigenen Maßstäben zu beurteilen, anstatt nach ihren wirklichen Gefühlen? Heutzutage scheint man davon auszugehen, dass alle Menschen mit den gleichen Empfindungen geboren werden, doch nichts könnte weiter von der Wahrheit entfernt sein.«

Dr Polnitzski antwortete einen Moment lang nicht. Er schien an diesem Abend ungewöhnlich unruhig zu sein. Er ging im Zimmer umher, stand schnell wieder auf, nachdem er sich hingesetzt hatte, und machte impulsive Bewegungen, die deutlich eine innere Unruhe verrieten.

»Natürlich haben Sie recht«, sagte er schließlich etwas abwesend mit seinen Gedanken. »Die gesellschaftlichen Klassen, die nicht zur Sensibilität erzogen wurden, können auch keine wirkliche Sensibilität haben – «

Er brach abrupt ab und kam hinüber zu meiner Couch.

»Wir haben«, begann er mit einer plötzlichen, bitteren Vehemenz, die mich erschreckte, »von echtem Leiden gesprochen. Sehen Sie! Ich habe hier lange Jahre schweigend in einem fremden Land gelebt, aber heute ist ein Jahrestag, und ich habe irgendwie die Kraft verloren, noch länger zu schweigen. Wenn Sie zuhören wollen, werde ich Ihnen sagen, was ich mit Leiden meine. Ich werde Ihnen sagen, was das Leben für mich gewesen ist.«

»Wenn Sie wollen«, erwiderte ich, »werde ich versuchen es zu verstehen.«

Er schien meine Worte kaum zu hören oder zu beachten, aber als er in der Kammer auf und ab ging, begann er sofort zu sprechen, mit dem hervorbrechenden Eifer eines Mannes, der sich lange zurückgehalten hat.

»Mein Vater«, sagte er, »war einer der kleinen Adligen in der Nachbarschaft von Moskau. Ich war sein einziger Sohn, und als er starb, in meinem siebzehnten Jahr, war ich so lange an seiner Seite gewesen, dass ich so reif war wie die meisten Jungs, die ein halbes Dutzend Jahre älter waren.«

»Meine Mutter war eine sanfte, gute Frau. Ich habe sie geliebt, aber sie hat in meinem Leben wenig verändert. Sie war freundlich zu mir und sie betete viel für mich. Sie dachte, ihre Gebete seien bereits erhört, wenn ich ohne Ausschweifungen aufwuchs.«

»Sie mag recht gehabt haben; aber ich habe gelebt, um festzustellen, dass es schlimmere Dinge gibt als Ausschweifungen.«

Er hielt einen Moment inne und fuhr dann fort, den Blick nach unten gerichtet.

»Einmal hat sich das Mütterchen erschreckt«, fuhr er fort, mit einer seltsamen Mischung aus Bitterkeit und Zärtlichkeit in seinem Ton. »Da gab es ein Mädchen, die Tochter des Verwalters; ihr Name war Alexandrina.«

Seine Stimme, als er den stattlichen Namen aussprach, war voller Gefühl. Er schien mich vergessen zu haben und seine Geschichte einer unsichtbaren Zuhörerin zu erzählen.

»Schurotschka!«, sagte er und verweilte bei der Verniedlichung ihres Namens mit einer liebevollen, nachklingenden Kadenz, die sehr pathetisch klang.

»Schurotschka! Ich liebte sie; ich war verrückt nach ihr; mein Blut war bei Tag voller Sehnsucht und bei Nacht voller Feuer. Es war die vollkommene, wahnsinnige Leidenschaft eines zum Manne herangewachsenen Knaben und rein trotz eines glühenden Temperaments.«

»Ich pflegte nachts unter ihrem Fenster zu stehen, und wenn stechende Kälte oder Sturm mich bedrängten, war ich froh. Ich schien etwas für sie zu tun.«

»Sie kennen vielleicht diese Verrücktheit trotz des kalten Temperaments Ihrer Rasse.«

»Ich hoffte keinen Augenblick lang sie wirklich zu bekommen. Ihre Familie hatte sie mit ihrem Cousin verlobt, und es hätte meiner Mutter das Herz gebrochen, wenn ich die Nachfahrin von Leibeigenen geheiratet hätte.«

»Ich konnte ihr nicht einmal zeigen, dass ich sie liebte. Mein Vater sagte mir aus dem Grab heraus, was er zu seinen Lebzeiten immer wieder gesagt hatte: 'Verletze nicht die, die unter dir sind, und beschmutze vor allem nicht die Reinheit eines Mädchens'.«

»Ich versuchte nicht, meinem Mütterchen zu verheimlichen, dass ich Schurotschka liebte, und vielleicht tratschten die Diener, wie sie es immer tun, aber Schurotschka selbst mied ich.«

»Ich war nicht sicher, ob ich mich trauen konnte, sie zu sehen. Es war ein Glück für mein Mütterchen, als das Mädchen verheiratet und in das Haus ihres Cousins in Moskau gebracht wurde. Sie fühlte sich dann sicher, was mich betraf, und sie war sehr zärtlich. Die Zeit, sagte sie, würde mir diesen Wahnsinn aus dem Herzen nehmen.«

Er schaute mit einem seltsamen Ausdruck in das glühende Feuer und grübelte ein wenig.

»Mein gutes Mütterchen!«, sagte er wieder. »Sie war zu sehr eine Heilige, um zu verstehen, dass es ein Wahnsinn ist, den die Zeit nicht aus meinem Herzen nehmen konnte!«

»Ich bin dann hinaus ins Moor gegangen, habe mich auf den Boden geworfen und vor Qual in den Rasen gebissen, weil es mir schien, als hätte ich das so lange ertragen wie menschliches Aushalten möglich war!«

»Nein, wenn der Geist des Mütterchens mich sieht, weiß sie, dass die Zeit den Wahnsinn nicht aus mir herausgenommen hat!«

Sein Gesicht war weiß geworden vor Gefühlen, und er schien Mühe zu haben, sich zu beherrschen.

»Ich kann Ihnen nicht sagen, ob es nur deshalb war, dass ich sie verloren hatte und der Tod meiner Mutter war, der bald darauf folgte, oder ob es die Strömung der Zeit war, die Unruhe in der Luft, die mich zu den Männern zog, die danach strebten, Russland von der politischen Sklaverei zu befreien.«

»Ich ging nach St. Petersburg, um meine Studien fortzusetzen, und dort bin ich mit Männern zusammengekommen, die von der Glut des Patriotismus entflammt waren.«

»Ständig nahm die Sache des heiligen Russlands insgeheim mehr und mehr absoluten Besitz von mir.«

»Ich vertraute mich niemandem an. Ich ahnte nicht einmal, dass irgendjemand auch nur die geringste Ahnung von meinem Gemütszustand hatte, und doch, als die Zeit kam, als ich meinen Entschluss gefasst hatte, mich den Patrioten anzuschließen, fand ich sie nicht nur bereit, sondern sie erwarteten mich sogar.«

»Sie hatten meine geheime Kameradschaft durch jenen sechsten Sinn gespürt, den wir in Russland in unserem Eifer für das Vaterland entwickeln, und die zwingende Notwendigkeit einer solchen Intelligenz bei der Arbeit, die wir zu tun hatten.«

»Ich habe den Schritt vielleicht nicht aus einfachem Patriotismus getan. Die Motive sind im Allgemeinen gemischt in dieser Welt. Es gab einen letzten Anlass, einen finalen Grund in meinem Fall, wie auch in anderen, die zu einem guten Teil persönlicher Natur waren. Ich war reif für die Sache, aber es gab einen Windstoß, der die Früchte vom Baum herunterschüttelte. Es kamen bittere Nachrichten aus Moskau.«

Wieder hielt er inne, aber nur für eine Sekunde; dann warf er den Kopf zurück und fuhr mit einer neuen Härte in seinem Ton fort, die einen mehr mitnahm als offener Groll.

»Schurotschka war plötzlich weg. Es wurde geflüstert, dass ein Adliger von hohem Rang in der Armee sie weggeschafft hatte, aber niemand wagte es, offen zu sprechen, denn wir müssen vorsichtig sein, wie wir im heiligen Russland klagen!«

»Als ihr Mann versuchte, sie zu finden, als er die Polizei belästigte, um ihm Recht zu verschaffen, wurde er als politischer Straftäter verhaftet – diese Anklage funktioniert immer. Der Mann war, wie ich hinterher verbindlich erfuhr, genauso wenig ein Verschwörer, wie Sie es sind. Er wurde in die Minen Sibiriens geschickt, nur weil er sich darüber beschwerte, dass seine Frau entführt worden war und sich so bei einem mächtigen Mann unangenehm bemerkbar machte. Es war ein Glück für mich, dass ich den Namen des Offiziers nicht erfahren habe, sonst wäre ich auch nach Sibirien gebracht worden.«

Dr. Polnitzski warf sich in einen Sessel am Feuer und starrte weiter in die Kohlen, als hätte er mich vergessen und als befände er sich wieder in den furchtbaren Tagen, von denen er gesprochen hatte.

Ich wartete einige Zeit, bevor ich sprach, und dann, ohne es zu wagen, mein Mitgefühl auszusprechen, fragte ich ihn, ob er bereit sei, seine Geschichte fortzusetzen.

Er schaute mich an, als sähe er mich im Traum; dann kam er und setzte sich neben meine Couch.

»Verzeihen Sie mir«, sagte er. »Ich war ein Narr, dass ich mir erlaubt habe zu sprechen, aber jetzt können Sie die ganze Geschichte hören.«

»Es ist nicht der Mühe wert, Ihnen meine Erfahrungen als Patriot zu erzählen – ein Nihilist [Anhänger sozialrevolutionärer Ideen] würden Sie sagen.«

»Ich war voller Eifer; ich war jung und hitzköpfig; ich dachte, dass die ganze Kraft meines Gefühls meinem Land zugewandt sei. Jetzt weiß ich aber, dass ein großer Teil davon in dem Wunsch nach Rache an diesem unbekannten Offizier verzehrt wurde.«

»Russland, unser heiliges Russland, sagte ich mir, muss für mich Frau und Kind sein. Stepniak sagte einmal zu mir, Russland sei das einzige Land der Welt, in dem es die Pflicht eines Mannes sei, die Gesetze nicht zu befolgen.«

»Das kann man hier in England nicht verstehen, wo man, wenn man sich nachts hinlegt, nie befürchten muss, dass man sich am Morgen ohne jede Schuld auf dem Weg zu lebenslanger Verbannung und einem schrecklichen, lebendigen Tod befindet.«

»Ich könnte Ihnen Dinge erzählen, an die ich kaum denken kann, ohne verrückt zu werden; es sind die Ereignisse eines jeden Tages in unserem unglücklichen Land.«

»Das Heldentum, die Hingabe derer, die nach der Befreiung Russlands streben, kann nur von den wenigen geglaubt werden, die wissen, dass es wahr ist. Sie sind jenseits des Menschlichen, sie sind göttlich.«

»Ich wusste von Aktionen, die von Frauen durchgeführt wurden, die so rein und zart waren, dass sie fast wie Engel zu sein schienen – «

Er brach ab und wischte sich über die Stirn.

»Ich bitte um Verzeihung«, sagte er in einem Ton, den er sichtlich versuchte, natürlicher klingen zu lassen. »Ich werde nicht darüber sprechen. Ich habe seit Jahren nicht mehr so gesprochen, und ich kann mich nicht beherrschen.«

»Es reicht, wenn Sie wissen, dass ich alles gesehen habe und dass ich nach bestem Wissen und Gewissen meinen Teil dazu beigetragen habe.«

»Mit der Zeit etablierte ich mich als Arzt in St. Petersburg. Meine familiären Verbindungen, obwohl ich keine nahen Verwandten hatte, war mir von Nutzen, und am Ende hatte ich eine ausgezeichnete Stellung.«

»Ich hatte eine gute Hand in der Heilung von Wunden, und ich hatte das Glück, Aufmerksamkeit zu erregen, indem ich das Leben eines nahen Verwandten des Zaren rettete.«

»All dies betrachtete ich als Arbeit, die ich für die Sache getan hatte. Jeder Fortschritt, den ich an Einfluss, Reichtum und Macht machte, versetzte mich in eine Position, in der ich dem großen Ziel meines Lebens um so nützlicher sein konnte.«

»Der persönliche Ehrgeiz wurde von der Ungeheuerlichkeit dieser Sache so verschlungen, dass man sich selbst aus den Augen verlor. Der Patriot kann sich in einem Land wie Russland nicht an sich selbst erinnern.«

»Als die Hinrichtung – «, er hielt inne und wandte sich mit einem eigenartigen Lächeln an mich – »als die Ermordung würden Sie sagen – als man also den Tod von General Kakonzoff in unserer Sektion beschlossen hatte, wurde mir keine Rolle zugewiesen, aber ich war hoch genug bei den Beratungen der Patrioten angesiedelt, um von allem wissen, was getan wurde.«

»Er war im Besitz von Informationen, die es zu unterdrücken galt. Er kam nach St. Petersburg, um sie persönlich zu präsentieren. Er sagte mir dort freimütig, er könne niemandem trauen, weil er mit einer Belohnung rechne, wenn er die Beweise selbst vorlege.«

»Wir waren über seine Pläne und seine Bewegungen genauestens informiert. Wir hatten die Vorkehrung getroffen, seinen Leibdiener durch einen unserer eigenen Männer zu ersetzen, sobald er begann, Erkundigungen über zwei Patrioten einzuziehen, die von der Regierung verdächtigt wurden.«

»Er hatte demzufolge Beweise, die für sie tödlich gewesen wären, und es war notwendig, diese abzufangen.«

»Wenn er aus dem Weg geräumt worden wäre, hätte unser Agent leicht in den Besitz der Papiere gelangen können, und ohne die Aussage des Generals wären unsere beiden Freunde in Sicherheit gewesen.«

»Das Komplott scheiterte durch einen jener Zufälle, die den Menschen an das Übernatürliche glauben lassen.«

»Es wurde auf ihn geschossen, als er am Bahnhof von St. Petersburg aus dem Zug stieg, aber genau in dem Moment, als unser Mann schoss, stolperte Kakonzoff. Die Kugel, die durch sein Herz hätte gehen sollen, durchdrang seine Lunge, ohne ihn zu töten.«

Die vollkommen kühle Art, in der Dr Polnitzski von diesem Vorfall sprach, verursachte in mir ein Schwindelgefühl. Einen Mann, den man täglich begleitet und den man lieb gewonnen hat, von einem Attentat sprechen zu hören, als wäre es ein gewöhnliches Ereignis, ist fast so, als würde man ihn selbst in einen Mord verwickelt sehen.

Ich saß da und hörte dem Doktor mit einer Faszination zu, die sich mit Entsetzen mischte, obwohl meine Sympathien, wie er schon vorher wusste, stark aufseiten der Nihilisten lagen. Mit ihnen zu sympathisieren und ihnen so nahezukommen, dass man sozusagen den Gestank des Blutes riechen konnte, waren jedoch sehr unterschiedliche Dinge.

»Durch einen seltsamen Zufall«, fuhr der Arzt fort, »wurde ich zu dem Verwundeten gerufen, und obwohl es ein verzweifelter Kampf zu sein schien, war ich nach einigen Tagen davon überzeugt, dass ich sein Leben retten konnte.«

»Aber«, unterbrach ich ihn, »ich sehe nicht ein, warum Sie versuchen sollten, sein Leben zu retten, wenn Sie zu denen gehören, die ihn zuvor zum Tode verurteilt haben.«

Er schaute mich mit durchdringendem Blick an.

»Sie vergessen«, antwortete er, »dass ich als Arzt zu ihm gerufen wurde. Es ist die Pflicht eines Arztes, Leben zu retten, wie es die Pflicht eines Patrioten sein mag, es zu nehmen.«

»Ich habe versucht, in beiden Funktionen mein Bestes zu geben. Ich hatte in der Sektion den besten Rat gegeben, den ich geben konnte, und als er auf den Beinen war, hätte ich ihn selbst erschossen, wenn meine Vorgesetzten der Meinung gewesen wären, dass ich die beste Person dafür bin.«

»Denken Sie, dass ich seine Hilflosigkeit, sein Vertrauen und mein Geschick als Arzt hätte ausnutzen können, um ihn seines Lebens zu berauben, das zu erhalten das Ziel der Existenz eines Arztes ist?«

Er wartete auf eine Antwort von mir, aber ich hatte ihm keine Antwort zu geben. Die Situation war eine, die so weit außerhalb meiner Erfahrung lag, so fantastisch unwirklich, gemessen an meinem eigenen Leben, dass ich sie nicht einmal ansatzweise beurteilen konnte.

»Sehen Sie«, fuhr er fort und beugte sich mit leuchtenden Augen und mit zunehmender Erregung in seinem Verhalten nach vorne.

»Der Patient legt sich mit Leib und Seele in die Hände seines Arztes. Dieses Vertrauen zu missbrauchen, ist ein Angriff auf das Herz der ganzen heiligen Kunst des Heilens. Wenn ich als Arzt diesen kranken Mann ausgenutzt hätte, würde ich nicht nur das persönliche Vertrauen, das er in mich gesetzt hatte, verletzen, sondern es wäre auch falsch gegenüber dem ganzen Prinzip, auf dem die Beziehung zwischen Arzt und Patient ruht.«

»Sehen Sie nicht, was für eine ungeheure Frage damit verbunden ist? Dass ich, um Kakonzoff zu schaden, die Grenzen des menschlich Möglichen überschreiten müsste.«

»Ja«, war meine Antwort. »Ich kann verstehen, wie ein Arzt das vielleicht empfinden würde; aber ich weiß nicht, wie weit das Gefühl eines Patrioten dies nicht überwiegen könnte, wie weit die Idee, seinem Land zu dienen, jedes andere Gefühl überwinden würde.«

Polnitzski warf mir einen Blick zu, der mich erzittern ließ.

»Das ist eine Frage, die ich nicht ohne Weiteres beantworten konnte«, sagte er, »als ich vom Chef unserer Sektion den Befehl erhielt, Kakonzoff nicht genesen zu lassen.«

Er sprang von seinem Stuhl auf und begann, auf und ab zu gehen.

»Was konnte ich tun?«, sagte er.

Seine Worte sprudelten mit einer Schnelligkeit heraus, die seinen leichten ausländischen Akzent noch verstärkte, sodass ich ihnen, als sein Gesicht abgewandt war, kaum folgen konnte.

»Da war mein Land, das aus seinem Herzen blutete. Jeden Tag wurden vor meinen Augen die schändlichsten Grausamkeiten begangen. Und wenn dieser Mann Kakonzoff lebte, um seine Geschichte zu erzählen, bedeutete das die Folter, den Tod von Männern, deren einziges Verbrechen darin bestand, dass sie alles aufgegeben hatten, was das Leben erträglich macht, um ihre Mitmenschen aus der politischen Sklaverei zu retten.«

»Es lag in meiner Macht, Kakonzoff sterben zu lassen; schon eine sehr leichte Vernachlässigung würde das bewirken.«

»Auf die Sache meines Landes hatte ich die feierlichsten Eide geschworen, und zwar mit ganzem Herzen. Ich hatte noch nie auch nur einen Befehl der Sektion infrage gestellt. Ich hatte mit der blinden Treue eines Mannes gehorcht, der die Sache zu sehr liebte, um überhaupt an seinen eigenen Willen zu denken. Aber jetzt – jetzt fand ich einfach, dass das, was von mir verlangt wurde, unmöglich war!«

»Ich konnte es nicht tun. Ich kämpfte Tag und Nacht mit mir selbst, und die ganze Zeit über ging es dem Patienten langsam besser. Der Fortschritt war langsam, aber er war stetig, und ich konnte nicht umhin zu sehen, dass sein böses Zeugnis gegen die Patrioten nur eine Frage der Zeit war.«

»Aber eines Tages, ohne mein Verschulden – in der Tat, weil meine ausdrücklichen Befehle missachtet worden waren – wurde sein Zustand wieder schlimmer.«

»Ich kann Ihnen nicht sagen, welche Erleichterung ich bei dem Gedanken empfand, dass der Mann sterben könnte und mir die schreckliche Notwendigkeit einer Entscheidung erspart bliebe. Wenn er nur ohne mein Verschulden sterben würde – aber ich tat trotzdem mein Bestes. Ich gab genaue Anweisungen, und als ich ihn verließ, versprach ich, in ein paar Stunden zurückzukehren.«

Als ich auf dem Weg aus dem Hotel durch den Vorraum ging, kam jemand schnell hinter mir und legte mir eine Hand auf den Arm. Ich dachte, es sei die Krankenschwester, die mir folgte, um irgendeine Frage zu stellen.«

»Ich drehte mich um und sah mich Schurotschka gegenüber! Mein Gott! Es war wie eine verrückte Farce oder ein schlechter Traum!«

Es ist unmöglich, dass Dr Polnitzski nicht bemerkt hätte, welche Wirkung seine Geschichte auf mich ausübte, und es ist kaum zu bezweifeln, dass seine aufgeschlossene slawische Natur von meiner Erregung mehr oder weniger bewegt wurde.

Er schien sich meiner jedoch kaum bewusst zu sein. Sein Gesicht war bleich vor Leid, und er sprach mit der Vehemenz eines Menschen, der unerträglichen Schmerz in Worte zu fassen versucht, um ihn loszuwerden.

»In einem Augenblick«, fuhr er fort, »wurde mir klar, was ihre Anwesenheit bedeutete, und ich sagte zu mir: 'Ich werde ihn töten!'«

»Ich hatte immer gehofft, dass ich, wenn ich gegen die Kreaturen der Tyrannei des Zaren vorgehen würde, unwissentlich den Mann erreichen könnte, der ihr geschadet hatte, aber ich hatte gewünscht, es nicht zu wissen, denn ich konnte es nicht ertragen, dass persönliche Gefühle in die Arbeit, die ich für mein Land tat, einfließen sollten. Diese Arbeit war das einzig Heilige. Jetzt aber wurde mir das, was ich befürchtet hatte, aufgedrängt.«

»Schurotschka war verändert, in ihrem Gesicht waren Spuren des Leidens zu sehen, und sie zeigte auch die Ergebnisse einer Erziehung, die niemals auf rechtschaffene Weise in das Leben einer Frau ihres Standes hätten kommen können.«

»Sie war gekleidet wie eine Dame. Zuerst wusste sie nicht, wer ich war und sprach zu mir wie eine Fremde. Sie flehte mich an, Kakonzoff zu retten. In ihrer Aufregung packte sie mich am Arm, und dann erkannte sie mich.«

»Dann – oh, mein Gott, was für Geschöpfe Frauen sind! – dann schrie sie, dass ich sie einst geliebt habe und dass ich ihr in Erinnerung an diese Zeit helfen müsse. Man stelle sich dir das vor! Sie schleuderte mir mein gebrochenes Herz ins Gesicht, um mich zu veranlassen, den Schurken zu retten, den sie liebte!«

»Es war Alexandrina, meine Schurotschka aus vergangenen Zeiten, die sich an mich klammerte, als wäre sie aus dem Grab auferstanden, wo ihre Schande hätte verborgen werden sollen, aber ich liebte sie noch genauso wie damals und immer.«

»Ich konnte mich kaum dazu bringen, mit ihr zu sprechen. Alles, was ich tun konnte, war dumm zu fragen, ob er nett zu ihr sei, und sie zuckte zusammen, als hätte ich sie mit der Rute gepeitscht.«

»Sie schrie, dass alles nichts bedeutete, solange sie ihn liebe, dass ich ihn retten müsse und dass sie ohne ihn nicht leben könnte.«

»Ich – ich konnte es nicht ertragen! Ich schüttelte ihre Hände ab und stürmte davon, mehr wild als geordnet und mit ihrer Stimme in meinen Ohren, die vollkommen aus Qual und Verzweiflung bestand.«

Sein Gesicht war furchtbar in seinem Schmerz, und ich fühlte, dass ich kein Recht hatte, es zu betrachten. Ich schloss die Augen und versuchte, mich ein wenig wegzudrehen, aber in meiner Ungeschicklichkeit stieß ich ein Buch von der Couch.

Das Geräusch des Aufpralls weckte seine Sinne. Er hob das Buch wie mechanisch auf, und dies schien ihn irgendwie wieder zu sich zu bringen.

»Sie können sich vorstellen«, begann er wieder, »in welcher Hölle ich mich befunden hatte.«

»Ich hätte den Mann in Stücke reißen können, und doch – und doch sagte ich mir jetzt, dass der Sektion zu gehorchen und Kakonzoff sterben zu lassen, ein Mord wäre, um persönlichen Hass zu befriedigen.«

»Doch alle Seiten der Frage quälten mich. Ich fragte den Kammerdiener am Nachmittag nach der Frau, die mit mir gesprochen hatte. Er zuckte die Achseln und sagte, sie sei nur eine Bäuerin, derer der General überdrüssig sei, aber sie werde ihn nicht verlassen, obwohl er sie schlage, und er hat sie geschlagen!«

Ich hatte Tränen in den Augen, angesichts der Intensität, mit der er sprach, aber die von Dr Polnitzski waren trocken. Er ballte seine starken Hände, als ob er etwas zerquetschen würde. Dann schüttelte er sich, als würde er erwachen und warf den Kopf mit einem bitteren Versuch eines Lachens zurück.

»Bah!«, rief er achselzuckend aus. »Ich habe noch nie in meinem Leben so geredet, aber es ist so viele Jahre her, dass ich überhaupt nicht mehr geredet habe, sodass ich die Kontrolle über mich verloren habe. Ich bitte um Verzeihung.«

Er durchquerte das Zimmer, setzte sich an den Kamin und begann, seine Pfeife zu füllen.

»Aber, Dr Polnitzski«, protestierte ich eifrig, »ich will Ihr Vertrauen nicht erzwingen, aber eine solche Geschichte kann man an dieser Stelle nicht einfach beenden.«

Er sah mich einen Moment lang an, als ob er nicht weitermachen wollte. Dann verfinsterte sich sein Gesicht.

»Wie könnte das Ende einer solchen Geschichte sein?«, fragte er. »Jedes Ende muss Ruin und Qual sein.«

»Sollte ich mich von persönlichen Gefühlen dazu bewegen lassen, allem, was mir heilig war, untreu zu werden? Sollte ich meine Rache um den Preis der Berufsehre nehmen?«

»Ich sagte mir, dass sie sich mit der Zeit vielleicht für mich interessieren würde, wenn dieser Mann aus ihrem Leben verschwände. Freundlichkeit kann bei manchen Frauen so viel bewirken. Aber könnte ich eine solche Entscheidung treffen?«

»Nein«, sagte ich langsam, »das könnten Sie nicht tun.«

»Könnte ich ihn dann wieder zum Leben erwecken und ihn dazu bringen, das arme Mädchen weiter zu schlagen und schließlich in den Graben zu werfen?«

Ich hatte keine Antwort.

»Könnte ich ihn am Leben lassen, um die Patrioten zu vernichten, deren Verbündeter ich war? Glauben Sie, ich könnte jemals wieder schlafen, ohne von ihrem Schicksal zu träumen? Könnte ich ihn dort in seinem Bett töten – ich, der Arzt, dem er vertraute? Könnte ich das tun?«

»In Gottes Namen«, rief ich, »was haben Sie schließlich getan?«

Er betrachtete mich mit einem Blick, der meine tiefsten Gedanken herausforderte.

»Die Patrioten wurden verschont«, antwortete er. »Das war mein Lohn für die Rettung des Lebens von General Kakonzoff. Ein Jahr später bezahlte ich dafür, dass ich diesen Gefallen erbeten hatte, indem ich selbst ins Exil geschickt wurde.«

»Und – und – das andere?«, fragte ich.

»Sie ist – Gott sei Dank – tot.«

Ein oder zwei Augenblicke lang blieben wir regungslos und wortlos. Dann streckte ich ihm schweigend die Hand entgegen. Ich hatte keine Worte mehr.

IM VIRGINIA RAUM

'Ich habe keine Kinder', waren die Worte, die sie in ihrem Herzen murmelte, als sie das Gebäude betrat, das einst die Präsidentenvilla von Jefferson Davis gewesen war und heute das Konföderiertenmuseum ist.

Warum der Gedanke an ihre entfremdete Tochter in ihr aufblitzte, als sie kam, um dem Andenken ihres längst verstorbenen Mannes die Ehre zu erweisen, hätte Mrs Desborough nicht sagen können, aber die Traurigkeit ihrer Stimmung war so überwältigend, dass sie sich nicht wundern konnte, wenn diese bittere Erinnerung ihren Moment der Schwäche ausnutzte, um sich aufzudrängen.

Sie presste die Lippen fest aufeinander und verdrängte es entschlossen in ihren Gedanken. Sie wollte nicht an die Tochter denken, die ihr verloren gegangen war. Hier und heute sollte keine Erinnerung aufkommen, außer der liebevollen Huldigung und leidenschaftlicher Trauer für den Helden, dessen Namen sie trug.

Sie ging sofort in den Virginia Raum, verbeugte sich kurz, aber freundlich vor dem Kustos des Museums, und als sie die Tür des traurigen Ortes aufstieß, wähnte sie sich allein.

Der schwere Aprilregen, der Richmond draußen durchnässte, hielt die Besucher fern, und das Gebäude war fast menschenleer.

Bei ihren jährlichen Besuchen an diesem Ort, den Wallfahrten, die sie wie zu einem Heiligtum unternommen hatte, hatte sie den Virginia Raum nie für sich allein und unbehelligt von der Anwesenheit von Fremden gehabt, und jetzt wurde ihr mit einem schnellen Seufzer der Erleichterung bewusst, wie groß der Trost dieser heutigen Einsamkeit war.

Für ihre empfindsame Natur war es schwer, vor den Gedenkstätten ihrer Toten zu stehen und doch zu wissen, dass fremde Augen – neugierige wenn auch mitfühlende Augen – in ihrem Gesicht alle Gefühle ihrer Seele lesen konnten.

Die nötige Ruhe vor der Öffentlichkeit zu bewahren, war ihr immer fast so vorgekommen, als sei sie dem Andenken, das sie zu weihen gekommen war, untreu, und heute warf sie mit einem kräftigen Seufzer der Erleichterung ihren schweren Witwenschleier mit der freien, stolzen Bewegung zurück, die zu den Frauen ihrer Rasse und ihrer Zeit gehörte – den Frauen, die vor dem Krieg im Süden aufgewachsen waren.

Sie war eine alte Frau, wenn auch nicht viel über sechzig, denn Schmerz kann jemanden schneller altern lassen als die Zeit. Die edle Miene würde ihr bleiben, solange das Leben währte, und wie wunderbar war ihre Selbstbeherrschung.

Immer wieder hatte sie die ungeweinten Tränen in ihren Augen gespürt, die brannten wie lebendiges Feuer, und doch war sie sich sicher gewesen, dass kein Fremder Grund gehabt hatte, in ihr mehr als nur eine zufällige Besucherin des Museums zu sehen, aber ihrem Kummer nun freien Lauf lassen zu können, schien fast eine Freude zu sein.

Sie fühlte, wie schnelle die Tränen bei dem bloßen Gedanken hervorkamen. Das Leben hatte ihr keinen größeren Segen hinterlassen, als diese Freiheit, unentdeckt über die Andenken ihrer Toten zu weinen.

In diesem Augenblick kam ein Mann hinter einer der Schränke hervor, so nah, dass sie ihn hätte berühren können. Instinktiv versuchte sie, ihr Taschentuch von ihrer Chatelaine zu nehmen, und in ihrer Verwirrung löste die Tasche. Sie fiel dem Herrn zu Füßen, der sich sogleich bückte, um sie aufzuheben. Als er sie ihr hinhielt, zwang sie ein Lächeln in ihr schönes altes Gesicht.

»Danke«, sagte sie, »ich war sehr unbeholfen.«

»Keine Ursache«, erwiderte er. »Diese Taschen haken sich so leicht aus.«

Der Tonfall traf sie fast wie ein Schlag. Zu der Enttäuschung, dass sie an diesem feierlichen Ort nicht allein war, kam die bittere Tatsache hinzu, dass der Eindringling, der über zu ihr gekommen war, nicht zu ihren Leuten aus dem Süden gehörte.

Ein Impuls der Bitterkeit aus den alten Zeiten des Blutes und des Feuers schwappte wie eine Welle über sie hinweg. Das Zimmer hatte sie in die Vergangenheit zurückversetzt, wie es das immer tat, und nach fast vierzig Jahren durchbrach sie zum ersten Mal die strenge Enthaltsamkeit, die sie von feindseligen Worten abgehalten hatte.

»Sie sind ein Nordstaatler!«, rief sie aus.

Die Worte selbst bedeuteten nicht viel, aber der Ton, das wusste sie, war erfüllt von all der lange aufgestauten Bitterkeit. Sie spürte, wie ihre Wangen erröteten, als sie, fast bevor die Worte gesprochen waren, realisierte, was sie gesagt hatte. Der Fremde zeigte jedoch keine Anzeichen von Verärgerung. Er lächelte, dann wurde er wieder ernst.

»Ja. Besuchen die Nordstaatler nicht das Museum? Ich nahm an, niemand würde nach Richmond gehen, ohne auch hierher zu kommen.«

Sie war schmerzlich verärgert und fühlte, wie ihre dünnen Wangen so heiß glühten, als wäre sie noch ein junges Mädchen.

Einen Mangel an Höflichkeit zu haben, war schon demütigend genug, aber einem aus dem Norden gegenüber unhöflich zu erscheinen, ihren eigenen Gepflogenheiten nicht gerecht zu werden, war unentschuldbar.

»Ich bitte um Verzeihung«, zwang sie sich daraufhin zu sagen. »Durch diese Tür zu kommen, bedeutet, in die Vergangenheit zu treten, und ich habe so gesprochen, wie ich es vielleicht getan hätte, wenn – «

»Wenn man von einem Yankee im Haus von Präsident Davis eine besondere Erklärung hätte verlangen müssen«, beendete die Fremde den Satz, den sie zuvor nicht zu vollenden wusste.

Selbst in ihrer Verlegenheit schätzte sie sowohl die Höflichkeit, die ihr die Peinlichkeit ersparte, in der Verwirrung einer unvollendeten Bemerkung zurückgelassen zu werden, als auch die Gewandtheit, die seiner Antwort genau den richtigen Ton von Leichtigkeit verlieh. Er war offensichtlich ein Mann von Welt. Ihr Instinkt, sich in der Höflichkeit nicht übertreffen zu lassen, außer von einem ihrer Rasse, ließ sie wieder sprechen.

»Ich war unhöflich«, sagte sie steif. »Heute ist ein Jahrestag, an dem ich immer herkomme, und ich habe mich vergessen.«

»Dann muss ich wohl doppelt aufdringlich gewirkt haben«, gab er in ernstem Ton zurück.

Er war bestimmt ein Gentleman, außerdem war er sehr gepflegt und hatte das Aussehen von nicht offen zur Schau gestellten Reichtum. Eine seiner Hände steckte nicht in einem Handschuh, und sie bemerkte anerkennend, wie fein geformt sie war, wie weiß und gut gepflegt.

Der Norden hatte jetzt den ganzen Reichtum, dachte sie unwillkürlich, während so viele Nachkommen alter Südstaatenfamilien gezwungen waren, ihr Brot mit unwürdigen Beschäftigungen zu verdienen. Sie konnten ihre feinen Hände nicht behalten, wie dieser Fremde vor ihr. Hände, die einst über Generationen hinweg von edlem Blut und guter Erziehung zeugten.

Seine Attraktivität, seine Ausstrahlung von Wohlstand, waren ihr jedoch zuwider, weil sie die jämmerliche Armut so vieler ihrer Verwandten betonten, deren Vorfahren nie gewusst hatten, was Not sein könnte.

»Das Museum ist für die Öffentlichkeit zugänglich«, antwortete sie mit zunehmender Kälte.

Sie erwartete, dass er sich verbeugen und sie verlassen würde, aber er verweilte nicht nur, sondern sie schien in seinem Gesicht einen Blick des Mitleids zu erkennen.

Bevor sie sich jedoch über dieses Mitleid ärgern konnte, begegnete sie seinen Augen mit ihren eigenen und diese schienen eine gewisse Sympathie auszudrücken.

»Verzeihen Sie, wenn ich sage, dass auch ich heute hierhergekommen bin, weil es ein Jahrestag ist?«

»Ein Jahrestag?«, wiederholte sie. »Wie kann ein Jahrestag einen Nordstaatler hierher bringen?«

»Es ist nicht unbedingt meiner. Es ist der meines Sohnes. Seine Mutter ist aus Virginia.«

Sie war so angespannt, dass sie fast mit Zustimmung bemerkte, dass er 'ist' und nicht 'war' gesagt hatte. Immerhin hatte er seiner Frau ihr Geburtsrecht als Tochter des heiligen Bodens nicht vorenthalten.

Eine wachsende Aufregung überkam sie. Sie hätte kaum ungerührt eine Anspielung auf eine Ehe anhören können, die dem Süden eine Frau genommen hatte, die mit seinen Traditionen und seinen Sorgen geboren wurde.

Sie fühlte einen neuen Impuls des Zorns gegen diesen wohlhabenden Sohn des Nordens, der einer Mutter aus Virginia eine Tochter entrissen hatte, so wie sie der ihren beraubt worden war. Der grausame Schmerz der zerstörten Mutterschaft, der in ihr bei der Erinnerung an ihr eigenes Kind schmerzte, das Kind, das sie selbst wegen ihrer Heirat verstoßen hatte, war so heftig, dass sie einen Moment lang ihre Stimme nicht beherrschen konnte. Sie konnte die Frage, die in ihrem Herzen war, nicht formen, aber sie fühlte, dass sie mit ihren Augen dem Fremden geradezu befahl, ihr mehr zu sagen.

»Wir leben im Norden«, erklärte er, »aber sie hat dem Jungen schon lange versprochen, dass er, wenn er acht ist, die Reliquien seines Großvaters aus Virginia sehen soll, die hier im Museum sind. Leider war sie, als die Zeit gekommen war, nicht gesund genug, um mit ihm zu kommen, und da sie wünschte, dass er an diesem besonderen Tag hier sein sollte, habe ich ihn mit mir hergebracht.«

Die Südstaatlerin spürte, wie ihr Herz stürmisch schlug, und es war fast, als spräche ein anderer, als sie ganz umgänglich sagte:

»Ich hoffe, ihre Krankheit ist nicht ernst.«

»Wenn es so wäre, wäre ich selbst nicht hier«, antwortete er.

Sie sammelte ihre Kräfte, die sie zu verlassen schienen, und zwang sich, sich im Raum umzusehen. Sie hätte nicht sagen können, was sie erwartete, oder ob sie am meisten hoffte oder fürchtete, was sie sehen würde.

»Aber Ihr Sohn?«, fragte sie.

Das Gesicht des Mannes veränderte sich ein wenig.

»Mein Vater«, antwortete er, »war ein Offizier in der Unionsarmee. Ich wollte diesen Ort zuerst sehen, um auf Desboroughs Fragen vorbereitet zu sein. Es ist nicht leicht, die Fragen eines klugen Jungen zu beantworten, dessen zwei Großväter in der gleichen Schlacht gefallen sind und auf entgegengesetzten Seiten gekämpft haben.«

Der Name traf sie wie ein Schlag. Sie lehnte sich an die Ecke der nächstgelegenen Vitrine, um sich abzustützen, und richtete ihren Blick auf den festlichen Mantel von General Lee hinter dem Glas, das ihr wie ein schwacher Geist das Spiegelbild ihres eigenen Gesichts zeigte.

Desborough war auch der Name ihres Mannes gewesen, und dies war der Jahrestag seines Todes; sie fühlte sich, als ob die Toten aufgestanden wären, um ihr gegenüberzutreten, und als ob ein dringender Ruf in ihrem Blut ihr beharrlich antwortete.

Dennoch konnte sie nicht glauben, dass ihr Schwiegersohn vor ihr stand und sie mit diesem geraden, ansprechend ehrlichen Blick ansah; sie sagte sich, dass der Name nur ein Zufall war, dass jeder Tag im Jahr der Todestag irgendeines Helden aus Virginia war und dass dies nicht der Mann ihrer Tochter sein konnte.

»Haben Sie sich entschieden, was Sie Ihrem Sohn sagen wollen?«, hörte sie ihre Stimme wie fremd und weit entfernt in der aufregenden Stille des Raumes fragen.

Der Fremde blickte sie an, als sei er von dem herausfordernden Tonfall in ihrer Stimme getroffen. Seine ernsten Augen erschienen ihr so, dass er versuchen wollte, in den ihren zu forschen, um die Ursache für ihre Schärfe zu finden.

»Ich kann nicht mehr tun«, war seine Antwort, »als ihm zu sagen, was ich ihm immer gesagt habe – die Wahrheit, soweit ich sie erkennen kann.«

»Und die Wahrheit, die Sie ihm hier sagen können – hier, vor den heiligen Reliquien unserer Toten, den heiligen Mahnmalen unserer verlorenen Sache – «

Sie konnte nicht fortfahren, sondern hielt plötzlich inne, damit er nicht hörte, wie ihre Stimme langsam versagte.

»Ihm wurde nie etwas anderes gelehrt, als dass die Männer des Südens für das kämpften, an das sie glaubten, und dass kein Mensch etwas Edleres tun kann, als sein Leben für seine Überzeugung zu geben.«

Sie war sich plötzlich und auf unergründliche Weise sicher, dass sie mit ihrem Schwiegersohn sprach, obwohl der Grund ihrer Überzeugung kein anderer war als der, den sie kurz zuvor zurückgewiesen hatte.

Die ganze Sache kam ihr nun ziemlich einfach vor. Ihre Tochter wusste, dass sie an diesem Tag immer hier anzutreffen war, und hatte vorgehabt, sie mit dem kleinen Sohn, der den Namen seines Großvaters trug, zu treffen. Die Frage war nun, ob ihr Ehemann es auch wusste.

Irgendetwas in seiner Miene, etwas, das halb provozierend wirkte, etwas, das gewiss über die gewöhnliche Ehrerbietung hinausging, die man einer Dame entgegenbringt, die fremd ist, gab ihr ein vages Misstrauen. Sie war nicht unberührt von dem Wunsch nach Versöhnung, aber dem hatte sie bisher immer wieder widerstanden, und am wenigsten konnte sie den Gedanken ertragen, betrogen zu werden.

Die Möglichkeit, dass ihr Schwiegersohn Unwissenheit vortäuschen könnte, damit er umso sicherer mit ihrer Sympathie rechnen konnte, erzürnte sie.

»Wissen Sie, wer ich bin?«, fragte sie abrupt.

»Ich bitte um Verzeihung«, antwortete er sichtlich überrascht, »aber ich war noch nie in Richmond. Wenn Sie hier bekannt oder die Frau eines im Süden berühmten Mannes sind, bin ich zu fremd hier, um Sie zu erkennen.«

»Dennoch schienen Sie sich mir erklären zu wollen. Warum?«

»Ich weiß es nicht«, begann er zögernd und suchte ihr Gesicht mit seinen geradlinigen grauen Augen ab.

Dann errötete er leicht und drückte eine neue Gefühlsregung aus.

»Ja, ich weiß es. Sie kamen gerade, als ich weggehen wollte, weil ich die Traurigkeit nicht ertragen konnte, als mir jeder dieser Fälle vor Blut und Tränen zu triefen schien. Das klingt für Sie extravagant, aber das Ganze überkam mich so überwältigend, dass ich es nicht ertragen konnte."

"»Ich verstehe nicht«, erwiderte sie mit zitternder Stimme. »Sie haben doch auch im Norden solche Sammlungen, nehme ich an.«

»Aber hier überkam es mich, dass zu all dem Kummer des Verlustes die Bitterkeit der Niederlage hinzukam. Ich fühlte, dass kein Südstaatler hierher kommen konnte, ohne das Gefühl zu haben, dass all die Qualen, derer hier gedacht wird, umsonst gewesen waren, und das Mitleid darüber packte mich an der Kehle, sodass Sie, als ich mit Ihnen sprach, eine Art Verkörperung des Südens waren – der Südstaatlerinnen – und ich wollte um Verzeihung bitten.«

Sie holte tief Luft und hob stolz den Kopf.

»Nicht für den Krieg«, fügte er schnell hinzu, mit einer Geste, die ihren Stolz beiseite zu winken schien und ihr zeigte, wie gut er ihren Triumph über das scheinbar in seinen Worten implizierte Eingeständnis verstanden hatte.

»Ich bin ein Mann des Nordens, und ich glaube mit ganzer Seele, dass der Norden im Recht war. Ich glaube an die Sache, für die mein Vater gestorben ist. Nur sehe ich jetzt, dass, wenn er im Süden gelebt hätte, derselbe Geist ihn in die konföderierte Armee gebracht hätte.«

»Aber wofür sollten Sie um Verzeihung bitten, wenn der Norden im Recht war?«

»Für mich selbst. Dafür, dass ich so dumm war – dafür, dass ich all die Jahre, in denen ich mit einer Frau gelebt habe, die in ihrem Herzen dem Süden treu ist und mir gegenüber zu loyal, um zu sprechen.«

»Wir im Norden haben vergeben, und wir denken, dass der Süden vergessen sollte. Es ist mir heute klar geworden, wie leicht es für die Eroberer ist, zu vergeben, und wie schwer das für die Besiegten sein muss.«

»Selbst jetzt verstehen Sie es nicht«, sagte sie, und ihre Stimme war voller Gefühl. »Weil wir besiegt worden sind, können wir verzeihen, aber wir wären weniger als ein Mensch wert ist, wenn wir vergessen würden.«

Im Raum war es für eine Weile sehr still, und dann, ihrem Gedanken folgend, sagte sie wie erstaunt: »Und Sie, ein Nordländer, haben das alles gefühlt!«

Er schüttelte den Kopf mit einem kleinen Lächeln.

»Es ist vielleicht zu viel verlangt«, erwiderte er, »dass ihr Südstaatlerinnen erkennt, dass auch ein Nordstaatler immer noch ein Mensch ist.«

»Ja, ja, aber unser Leiden zu spüren, zu sehen – «

»Ich verstehe jetzt, dass meine Frau es immer vor Augen hatte – das unermessliche Leiden eines Volkes, das in einem Kampf besiegt wurde, den es für richtig hielt, aber sie war sonst so glücklich, und sie hat nie davon gesprochen.«

»Im Herzen jeder Südstaatenfrau«, sagte sie feierlich, wenn auch jetzt ohne Bitterkeit, »ist immer die Qual unserer verlorenen Sache.«

»Wir decken das Oberflächliche zu, wir akzeptieren es, und Gott weiß, dass wir geduldig waren, aber jede von uns hat tief unten ein Gefühl für das Blut, das vergeblich vergossen wurde, für die Qualen der Männer, die wir liebten, dafür, wie sie gedemütigt wurden – gedemütigt, und für die große Sache der Freiheit, die verloren wurde – verloren!«

Seit langen, bitteren Jahren hatte sie nicht einmal mit ihren engsten Freunden so gesprochen wie mit diesem Fremden, diesem Nordstaatler. Das Bewusstsein, dass er wohl sicher der Ehemann ihrer Tochter war, rief ihr die Erinnerung zurück.

»Hat Ihre Frau keine Verwandten im Süden, die Ihnen verständlich machen könnten, wie wir Südstaatenfrauen uns fühlen müssen?«, fragte sie.

Er wurde augenblicklich zurückhaltender.

»Ich habe ihre Verwandten im Süden nie gesehen.«

»Verzeihen Sie die Neugier einer alten Frau«, fuhr sie fort und beobachtete ihn scharf. »Darf ich fragen, warum?«

»Die Mutter meiner Frau wollte den Yankee, den ihre Tochter heiratete, nicht kennen.«

»Und Sie?«

»Ich habe mir nicht ausgesucht, eine Bekanntschaft zu erzwingen oder bei einer Bekanntschaft nur geduldet zu sein«, antwortete er barsch. »Ich war mir keines Unrechts bewusst, und ich habe mir nicht ausgesucht, um Verzeihung dafür zu bitten, dass ich ein Nordstaatler bin.«

Sie wusste, dass sie diesen starken, feinen Mann, der allen Traditionen ihres Lebens fremd war, in ihrem Herzen bereits akzeptierte, und sie war nicht unzufrieden über seinen Stolz.

»Aber haben Sie jemals bedacht, was es die Mutter gekostet haben muss, ihre Tochter aufzugeben?«

»Warum hätte Sie sie aufgeben sollen? Eheschließungen zwischen dem Norden und dem Süden gibt es zuhauf auch ohne Bruch in der Familie.«

Sie war sich ganz sicher, dass er weder wusste, mit wem er sprach, noch was der wahre Grund für die Trennung von ihrer Tochter gewesen war. Sie erlebte eine Art wilden inneren Jubel, dass endlich der Augenblick gekommen war, in dem sie sich rechtfertigen konnte; in dem sie die ganze furchtbare Geschichte erzählen konnte, die ihr wie fressendes Gift in den Adern gelegen hatte. Stolz hob sie den Kopf und sah ihn mit ihrer ganzen Seele in den Augen an.

»Wenn Sie die Geduld haben zuzuhören«, sagte sie und fühlte, wie ihre Wangen warm wurden, »und mir verzeihen Sie, dass ich persönlich werde, möchte ich Ihnen erzählen, was mir passiert ist.«

»Mein Mann war Oberst in der Armee der Konföderierten. Wir heirateten, als ich siebzehn war, in einem kurzen Fronturlaub, den er durch eine Verwundung in der Schlacht von Wilderness bekommen hatte.«

»Ich sah ihn in den vier Jahren des Krieges, bevor er bei Five Forks fiel, weniger als ein Dutzend Mal und immer nur für die kürzesten Besuche – arme Fetzen von angstvollem Glück, herausgerissen aus langen Perioden der Qual.«

»Meine Tochter, mein einziges Kind, wurde nach dem Tod ihres Vaters geboren. Unser Vermögen war in die Sache geflossen. Mein Vater und mein Mann weigerten sich beide, Geld im Ausland anzulegen. Sie hielten es für illoyal und steckten alles in konföderierte Wertpapiere, auch als sie sicher waren, nichts zurückzubekommen. Sie waren zu loyal, um etwas zurückzuhalten, als das Land in tödlicher Gefahr war.«

Sie hielt inne, aber er sagte nichts, und mit geschwollener Brust und glühender Kehle fuhr sie fort –

»Bei Five Forks wurde mein Mann in einem Nahkampf mit einem Offizier des Nordens getötet. Er streckte seinen Feind noch nieder, nachdem er seine eigene tödliche Verwundung erlitten hatte. Ich bete zu Gott, dass er nicht wusste, dass der Tag verloren war. Er hatte so viel durchgemacht, ich hoffe, das ist ihm erspart geblieben.«

»Auf der anderen Seite des Todes muss er irgendeinen Trost gefunden haben, der ihm half, ihn zu ertragen. Gott muss irgendeinen Trost für unsere armen Jungs gehabt haben, als er zuließ, dass die Sache der Freiheit verloren ging.«

Sie drückte ihre geballte Hand gegen ihren Busen, und dabei trafen sich ihre Augen mit denen ihres Gegenübers. Sie spürte die Sympathie seines Blickes, aber etwas erinnerte sie an das Gefühl, dass sie mit jemandem aus dem Norden sprach.

»Für Sie ist es nicht die Sache der Freiheit«, sagte sie. »Ich habe es wieder vergessen. Ich habe schon so lange nicht mehr über all das gesprochen. Ich habe es nicht gewagt, aber heute muss ich sprechen, und Sie müssen mir verzeihen, wenn ich die alte Sprache benutze.«

Er senkte den Blick, als ob er es als ein Eindringen empfände, ihre bittere Rührung zu sehen, und sagte leise: »Ich glaube, ich verstehe. Sie brauchen sich nicht zu entschuldigen.«

»Nach dem Krieg«, fuhr sie eilig und abrupt fort, "»lebte ich für meine Tochter. Ich habe für sie gearbeitet. Sie – sie war wie ihr Vater.«

Sie schluckte, erlangte aber durch eine gewaltige Anstrengung den Anschein von Gelassenheit wieder.

»Als sie eine Frau wurde – für mich war sie noch ein Kind, zwar über zwanzig, aber ich war damals nicht doppelt so alt wie sie – ging sie in den Norden, und dort verliebte sie sich.«

»Sie schrieb mir, dass sie einen Nordstaatler heiraten würde, und als sie seinen Namen hinzufügte – sah ich, dass es der Sohn des Mannes war, der ihren Vater getötet hatte.«

»Das ist nicht möglich!«, rief der andere aus. »Das haben Sie sich nur eingebildet. So etwas kommt in Melodramen vor – «

Sie hob die Hand und hielt seine Worte zurück.

»Das geschah nicht in einem Melodrama, sondern in einer echten Tragödie – in meinem Leben«, sagte sie.

»Ich brauche nicht ins Detail zu gehen. Sie hat ihn geheiratet, und ich habe sie seitdem nie wieder gesehen.«

»Wusste er es?«

»Nein. Es war mein Hochzeitsgeschenk an meine Tochter – dass ich ihr Geheimnis bewahrt habe. Das war alles, wozu ich die Kraft hatte. Sie denken natürlich, dass ich eine unnatürliche Mutter war, aber – «

Sie sah, dass seine Augen feucht waren, als er sie bei seiner Antwort ansah.

»Gestern hätte ich es ohne Zögern gesagt, aber heute – «

»Heute?«, wiederholte sie sofort, als er innehielt.

»Heute«, antwortete er und ließ seinen Blick über die würdevollen Andenken schweifen, die so dicht um sie herum standen – »heute verstehe ich es wenigstens, und es wundert mich nicht.«

Sie sah ihn mit ihrem ganzen Herzen in den Augen an und versuchte, seine verborgensten Gefühle zu lesen. Dann berührte sie seinen Arm leicht mit den Spitzen ihrer schlanken, schwarz behandschuhten Finger.

»Kommen Sie«, sagte sie.

Sie führte ihn durch den Raum und zeigte auf eine Oberstschärpe und Pistolen, die in einer der Kisten unter einer verblichenen Karte lagen.

»Die gehörten meinem Mann.«

»Die!«, rief er. »Sie sind die Mutter von Louise? Das ist unmöglich!«

»Es mag unmöglich sein, aber wie ich schon bei der anderen Sache sagte, es ist wahr.«

»Die andere Sache?«, wiederholte er. »Was – meinen Sie das, was Sie gesagt haben – dass mein Vater und er – das kann nicht wahr sein. Das hätte ich doch wissen müssen!«

»Es ist wahr«, beharrte sie. »In dem Moment, als es passierte, waren sie von unseren Soldaten umzingelt, und seine eigenen Männer haben wahrscheinlich nicht mitbekommen, was genau passiert ist. Aber ich – ich kenne jede Minute dieses Kampfes!«

»Einer aus der Truppe meines Mannes war mit den beiden zusammen in West Point gewesen, und er erzählte es mir. Er sah es und versuchte, sich zwischen sie zu stellen.«

»Ihre Frau hat Sie geheiratet, obwohl sie wusste, dass Sie der Sohn des Mannes sind, der ihren Vater getötet hat.«

Der Nordstaatler fuhr sich mit der Hand über die Stirn, als wolle er die Verwirrung seines Geistes wegwischen. Seine Augenlider waren gesenkt, aber sie sah, dass sie feucht waren.

»Arme Louise«, murmelte er, anscheinend mehr zu sich selbst, als zu ihr, »wie sehr muss sie wegen dieses Geheimnisses gelitten haben. Arme Louise!«

»Sie kommen hierher«, fuhr Mrs Desborough fort und fühlte, wie sie bei seinen Worten schlucken musste, aber sie war entschlossen, dem wärmeren Impuls ihres Herzens nicht nachzugeben, »und Sie selbst Sie sind von diesen heiligen Reliquien bewegt, was, glauben Sie, bedeuten sie dann erst für uns?«

Sie war sich halb bewusst, dass sie an die Andenken um sie herum dachte, um sie in ihrem

Vorsatz zu bestärken, nicht nachzugeben, keinen Frieden mit dem Sohn des Mannes zu schließen, der ihren Mann, ihren Helden, ihre Liebe getötet hatte.

Sie hatte das Gefühl der Sache untreu zu werden, wenn sie auch nur einen Augenblick lang einen solchen Impuls hegen würde. Diese Sache, obwohl verloren, war für sie für immer mit der unsterblichen Hingabe der Liebe und des Schmerzes verbunden.

»Diese Reliquien bewegen mich«, sagte ihr Schwiegersohn mit sanfter Stimme. »Sie rühren mich so tief, dass sie mir unecht erscheinen.«

»Bevor Sie hereinkamen, dachte ich, wenn ich ein Südstaatler wäre, mit den Traditionen des Südens im Rücken und dem schrecklichen Gefühl des Versagens, das mich verbittert, würde mich das zum Wahnsinn treiben und dass ich es für unmöglich halten würde, jemals etwas anderem als dem Süden gegenüber loyal zu sein.«

»Der Krieg ist vorbei. Der Süden wird endlich verstanden. Er wird für die unglaubliche Tapferkeit geehrt, mit der er unter erdrückenden Widrigkeiten für seine Überzeugung gekämpft hat. Warum den unvermeidlichen Schmerz hinauszögern? Warum diese Relikte sammeln, um ein Gefühl zu nähren, das absolut unwahr ist – das Gefühl, dass die Union weniger Ihr Land ist als das unsere?«

»Weil es den Toten gegenüber gerecht ist«, antwortete sie schnell. »Weil es nur gerecht ist, dass wir im Gedächtnis behalten, wie treu sie waren, wie galant, wie tapfer, wie edel, und – oh Gott! – dass wir ein paar armselige Dokumentationen darüber machen, was wir im Süden erlitten haben!«

Er schüttelte den Kopf und seufzte. Sie sah die Tränen in seinen Augen und versuchte nicht, ihre eigenen zu verbergen.

»Möchten Sie, dass man vergisst«, sprach sie ihn leidenschaftlich an, »dass der Großvater ihres Sohnes, der Vater ihrer Frau, einer von Gottes edlen Menschen war?«

»Wollen Sie, dass man sich an ihn nur als einen geschlagenen Rebellen erinnert?«

»Ich sage Ihnen, wenn wir nicht diese Gedenkstücke gesammelt hätten, würde jede Scholle, die mit ihrem Blut benetzt ist, gegen uns aufschreien!«

»Im Norden nennt man diese Männer Rebellen; im Süden gibt es kein Schlachtfeld, auf dem nicht das Rascheln des Grases über ihren Gräbern flüstert, dass sie Patrioten und Helden waren! Und dies, so armselig es auch sein mag« – und sie winkte mit der Hand zu den Schränken um sie herum – »ist das beste Denkmal, das wir ihnen setzen können.«

Er machte einen Schritt nach vorn und streckte impulsiv beide Hände aus. Sie nahm sie nicht, und er senkte sie wieder.

Er zögerte und wich dann zurück.

»Es muss sein, wie es ist«, sagte er traurig. »Selbst wenn ich euch Frauen des Südens einen Vorwurf machen wollte, könnte ich das hier an dieser Stelle nicht sagen.«

»Nur«, fügte er hinzu, wobei seine Stimme leiser wurde, »können Sie vergessen, dass auch die Frauen des Nordens gelitten haben?«

»Ich wuchs im Schatten eines Kummers auf, der so groß war, dass er das Leben meiner Mutter auslöschte und sie schließlich tötete. Meinen Sie, ich könnte das auch der unschuldigen Louise antun?«

»Ich wollte eigentlich nicht von mir sprechen, jetzt, wo ich weiß, wer Sie sind.«

»Ich will Euch nicht belästigen, aber mein kleiner Sohn mit dem Namen eures Mannes und den Augen seiner Mutter ist gewiss unschuldig.«

»Ich werde nicht mit ihm kommen, aber darf ich ihn vielleicht heute Nachmittag mit meinem Begleiter zu Ihnen schicken, damit ich Louise sagen kann, dass Sie ihn geküsst und ihm Ihren Segen gegeben haben? Der Kummer hat ihm schon die andere Großmutter genommen.«

Sie fühlte, dass sie das Sprechen einer weiteren Silbe nicht ertragen konnte. Ihr ganzer Körper zitterte, und sie hob ihre Hände in einer impulsiven Geste, die ihn anflehte, zu schweigen.

Die ganze alte Mutterliebe für Louise, das leidenschaftliche Weinen ihres einsamen Herzens für diesen unsichtbaren Enkel, in dessen Adern das Blut ihres toten Mannes floss, der Kummer der schwarzen Jahre und die Treue zu alten Idealen kämpften in ihr und zerrissen sie wie Wölfe.

Sie warf einen Blick um sich, als ob sie einen Weg finden wollte, auf dem sie aus dieser Lage fliehen könnte, die ihr zu schrecklich war, um sich ihr zu stellen. Dann sah sie, wie ihr Gefährte sie mit unendlichem Mitleid und Traurigkeit ansah.

»Dann«, sagte er, »kann ich nur Lebewohl sagen.«

Aber sie sprang vorwärts, als ob sie aus den Ketten befreien würde, und warf sich an seine Brust, wobei die Qual der langen, bitteren Vergangenheit in einem Strom heißer Tränen herausprudelte.

»Oh, mein Sohn! Mein Sohn!«, schluchzte sie.